Dea Loher
Hundskopf

Erzählungen

WALLSTEIN VERLAG

Die Autorin dankt dem Deutschen Literaturfonds e.V.
für die Unterstützung ihrer Arbeit.

Bibliografische Information Der Deutschen Bibliothek

Die Deutsche Bibliothek verzeichnet diese Publikation in der
Deutschen Nationalbibliografie; detaillierte bibliografische
Daten sind im Internet über http://dnb.ddb.de abrufbar.

© Wallstein Verlag, Göttingen 2005
www.wallstein-verlag.de
Vom Verlag gesetzt aus der Stempel Garamond
Umschlaggestaltung: Susanne Gerhards, Düsseldorf
Umschlagmotiv: Bernd Hahn: Geometrie der Poesie
Druck: Friedrich Pustet, Regensburg

ISBN 3-89244-865-5

Inhalt

Honeymoon

Anna muß sich ganz ausziehen, bis auf die Unterwäsche, und mit den Armen in einen halblangen weißen Kittel schlüpfen, der am Rücken offen ist. Die Schwester kommt mit einem Clipboard und einem Formular. Sie ist ungefähr fünfzig, hat schulterlange, vom Färben ausgetrocknete Haare und einen Leberfleck auf der Stirnmitte, der aussieht wie ein drittes Auge. Auf ihrem Namensschild steht »Nancy«.

»Ich habe Schmerzen, hier«, Anna legt die Hand auf den Unterleib. Sie ist froh, daß ihr jetzt jemand zuhören muß, jemand, der etwas von Krankheiten versteht, jemand, der die Ursache ihres Schmerzes finden und beseitigen wird. Dreiauge Nancy lächelt freundlich, fragt nach ihrem Namen.

»Anna«, sie zögert, bevor sie weiterspricht, »Anna Börde«. Ihr Nachname ist derselbe geblieben; manchmal in den letzten Wochen hat sie gedacht, es wäre schön, den anderen Namen angenommen zu haben, der ein neuer gewesen wäre, dann ist sie wieder zufrieden, daß für sie alles geblieben ist, wie es war. Sie muß den Nachnamen buchstabieren. Nancy blickt konzentriert auf Annas Lippen.

»Sie sind Touristen.«

»Ja«, erwidert Anna. Sie sieht zu Johann hinüber, der in der Tür lehnt und die Szene betrachtet. »Tourists. On honeymoon.« Sie spricht ein sorgfältiges, akzentbeladenes Englisch.

Dreiauge wiederholt die Worte in angehobener Tonlage, skandiert »won-der-ful« im Singsang falscher Herzlichkeit. »Wie gefällt es Ihnen in Arizona«, während sie

Anna am Arm nimmt und vom Bett herunterdirigiert auf die Körperwaage. Anna sieht wieder zu Johann, der schiebt die Schultern hoch. Dreiauge schubst das Gewicht auf der Waagskala ein wenig nach rechts und notiert etwas auf ihrem Clipboard. Anna braucht keine Antwort zu geben.

Ihre Größe wird gemessen und ihr Blutdruck, und Nancy will wissen, ob sie raucht, die Pille oder andere Medikamente nimmt, sich in psychologischer Behandlung befindet und wann ihre letzte Menstruation war.

Anna spürt ihre Angespanntheit langsam weichen, die Fragen ernüchtern sie. Sie liegt, den Oberkörper halb aufgerichtet, auf dem Bett und sucht Johanns Blick. Sein Gesicht ist müde und bleich. Seit sie im Krankenhaus angekommen sind, hat er kein Wort mehr gesagt. Früher, vor langer Zeit, machte er morgens schon Witze, denkt Anna, er turnte vor dem Bett herum und brachte mich zum Lachen. Sie würde es gerne Schwester Nancy erzählen, aber die tupft Annas Armbeuge steril für die Blutabnahme und hat keine Zeit, um zuzuhören.

Sie hatten das Krankenhaus am frühen Morgen gefunden, nachdem sie mehr als fünfzig Meilen durch die Wüste gefahren waren. Im Wartezimmer der Notaufnahme saß eine Handvoll dösender Patienten, die wirkten, als würden sie ihre Ration täglicher Benzos abholen wollen. Anna mußte an die Scheibe des Aufnahmeschalters klopfen, damit jemand auf sie aufmerksam wurde. Sie sagte, »Schmerzen, ich habe Schmerzen, ich brauche einen Arzt.« Die Frau hinter der Scheibe sah ihr gelangweilt ins Gesicht und verzog ein wenig den Mund, als könne sie Annas Englisch nur schwer verstehen.

Johann blieb in der Tür stehen. Johann blieb immer in der Tür stehen, auf der Schwelle, bereit, hineinzugehen oder hinaus. Anna wandte von Zeit zu Zeit den Kopf zu ihm, während sie mit der Scheibenfrau kämpfte, und wünschte, er würde das für sie erledigen, und sie könnte sich auf einen der zerkratzten Plastikstühle setzen und ausruhen. Die Frau wollte Annas Sozialversicherungsnummer.

»Wir sind keine Amerikaner. Wir machen hier nur Urlaub.«

»Wie wollen Sie dann die Untersuchung bezahlen.«

»Die Krankenversicherung wird das Geld überweisen. Sie bekommen das Geld aus Europa.«

Die Scheibenfrau zog ihre Augenbrauen hoch und ließ Anna ein seitenlanges Formular in drei Ausfertigungen unterschreiben. Dann mußte sie auf dem Gang warten, obwohl sie die einzige Patientin vor der Reihe der Behandlungszimmer war. Sie hätte gerne Johanns Hand genommen und zu ihm gesagt, bitte, bleib bei mir. Johann wanderte auf und ab und starrte dabei auf den Boden.

In der Nacht hatten die Schmerzen sie aufgeweckt, so überfallartig, böse und hart, daß sie sich nicht mehr bewegen konnte, nicht einmal auf den Bauch drehen, weil der Druck das Wüten in ihren Eingeweiden nur verstärkte. Sie lag Stunden wach. In der Morgendämmerung mußte sie ihren Mann aufwecken.

Johann hatte sich schlaftrunken, später besorgt, zu ihr gebeugt, ihr übers Haar gestrichen, während sie dalag und am ganzen Leib bebte. Er hatte sich eine Zigarette angezündet und war vor den Bungalow hinausgegangen und hatte auf die Linie des Horizonts gesehen, hinter der es schnell heller wurde, als erwarte er von irgendwoher Hilfe, aber das Motel mit den wenigen kleinen Häusern lag weitab von jeder Ortschaft, und er kam schließlich wieder zu ihr ins Zimmer und packte ihrer beider Sachen zusammen. Sein Koffer hatte ein Nummernschloss, und er vergaß nicht, die Kombination zu verstellen.

Die Schwester steckt eine Nadel in Annas Arm, zapft ihr langsam Blut ab. Anna sieht, wie Johanns Blick auf der Nadel ruht, sie spürt das Ziehen, mit dem der Kolben das Blut aus ihr heraussaugt. Johanns Augen sind dunkel und in sich gekehrt. Sie streifen prüfend Annas Gesicht, dann wendet er sich ab und geht weg. Nancy sagt, »Ihr Mann kann wohl kein Blut sehen.« Anna antwortet nicht. Johann kann den Anblick von Nadeln nicht ertragen, ohne sie anfassen zu wollen, ohne sie in der Haut, ohne sie in der Vene haben zu wollen. Sie hatten sich vor fast zwei Jahren kennengelernt, kurz nach seinem Entzug. Er hatte durchgehalten und inzwischen eine Stelle im Lager eines Großhandels für Büromöbel. Zusammen mit Annas Angestelltengehalt könnten sie eine Familie gründen, zum Beispiel. Sie hatten geheiratet, und ihr Erspartes für die Reise verwendet, für ihre Flitterwochen. Danach würde ihr neues Leben richtig anfangen können.

Endlich ist Dreiauge mit ihrem Clipboard-Formular fertig, sie hat alle Rubriken ausgefüllt, und ein Arzt kommt zu Anna. Der Arzt ist groß, hat eine sehr weiße Haut mit vielen Sommersprossen, rötliche, dicke Haare, einen Schnauzer und schwitzt. Mit kalten Händen tastet er ihren Bauch ab, die Schweißtropfen laufen über sein Gesicht. Kurz bevor sie auf Anna hinunterzufallen drohen, wischt er sie schnell mit einem Ärmel seines Kittels ab. Er schnauft bei der Untersuchung wie ein Walroß beim Auftauchen, wenn es das Wasser von seinen Barthaaren fortprustet. Sobald der Arzt seine Hände in den Bauch hineindrückt, wird der Schmerz stärker. Anna sagt, »a rusty, jagged can – als ob jemand meine Gedärme ausschabt, mit einer offenen, schartigen Konservendose.« Der Arzt setzt sich und überlegt. Er sagt: »Blinddarm ist es nicht.«

Anna schließt die Augen. »Wo ist mein Mann«, fragt sie nach einer Weile. Die Schwester sieht auf dem Gang nach. Johann ist nicht zu finden.

Anna sagt, »wir waren chinesisch essen gestern abend. Vielleicht eine Lebensmittelvergiftung.«

»Mußten Sie sich übergeben. Haben Sie Durchfall. Ist Ihnen schlecht.«

Anna schüttelt den Kopf.

Eine gute Stunde lang waren sie die einzige Hauptstraße des Ortes auf und ab gegangen, sogar in die Seitenstraßen hinein, immer in der Hoffnung, eine Kneipe, ein Restaurant übersehen zu haben, ein verstecktes Schild zu finden, eine versperrte Tür, ein herabgelassenes Rouleau, das sich doch noch für sie öffnete. Hungrig und müde kehrten sie schließlich in dem tristen Lokal ein, an dem sie zu Anfang herablassend, fast verächtlich vorbeigegangen waren. Ein ausgeblichener roter Lampion mit einer staubigen Quaste hing vor der Tür und eine von der Sonne zerschossene Speisekarte. Dann saßen sie in dem Raum mit der überraschend hohen Decke und den kahlen, zerkratzten Wänden, der früher ein Tanzsaal gewesen sein mußte und der nun in Abteile mit roten Plastiklederbänken gegliedert war, durch Sperrholzwände voneinander getrennt. Sie waren die einzigen Gäste. Ein Mädchen mit hohen Wangenknochen und glatten, schwarzen Haaren im Pferdeschwanz, das kaum fünfzehn sein mochte, nahm die Bestellung auf, Suppe und Hühnerfleisch mit Gemüse. Auch hier hingen die Lampions, sie schwebten im Dämmerlicht unter der Decke, rot schimmernde, aufgeschwollene Bäuche, die Köpfe gekappt, ohne Arme und Beine, kurz vor dem Zerplatzen. Irgendwann kam ein zweites Paar, setzte sich weit entfernt auf die andere Seite des Saales. Sie hatten ein kleines Transistorradio dabei, das sie ein paarmal ein- und ausschalteten. Dann begannen sie zu streiten. Die Frau war betrunken.

Auf dem Rückweg vom Essen in ihr entlegenes Motel hatte sie Johann bitten müssen, anzuhalten. Sie stieg aus und machte ein paar Schritte von der Straße weg. Johann ließ den Motor laufen und blickte ihr durch die Windschutzscheibe nach. Sie wartete, vornübergebückt. Es passierte nichts, und sie setzte sich wieder in den Wagen.

Es wird vorbeigehen. Bis du heiratest, wird es vorbeigehen, die beruhigende Stimme der Großmutter, wenn Anna früher krank war, eine Verletzung hatte. Sie dachte daran, als sie durch die Nacht fuhren. Jetzt barg der Spruch keinen Trost mehr.

»Ich werde eine gynäkologische Untersuchung machen«, sagt der Arzt. Anna schüttelt entschieden den Kopf.

»Ich kann nicht schwanger sein.«

Der Arzt nimmt das Clipboard und deutet auf einen Eintrag, »Sie nehmen keine Pille und sind in den Flitterwochen.«

Anna spürt, wie ihr das Blut ins Gesicht steigt.

»Wann hatten Sie das letzte Mal Geschlechtsverkehr.«

Anna dreht den Kopf weg.

»Es könnte eine Eierstockentzündung sein.«

Anna sagt, »vor zwei Tagen«. Sie hofft, daß der Arzt ihre Lüge nicht bemerkt. Dann spreizt sie ihre Beine auseinander vor dem Walroßbart, der durch das kalte, glänzende Spekulum in sie hineinsieht.

Vor zwei Tagen hatte sie ihren Fön gesucht, und dabei in Johanns Koffer die Schachteln mit dem Valium, mit Polamidon und Kapanol gefunden. Am Abend des Essens stellte sie ihn zur Rede. Er machte keinen Versuch, sich zu verteidigen, zu entschuldigen. Er erklärte nichts.

Vom Walroßbart tropft Schweiß. »Hier ist alles in Ordnung. Alles, wie es sein soll.« Er geht hinaus, um auf das Ergebnis der Blutprobe zu warten.

Sie hatten sich die Hochzeitsreise in die Wüste geschenkt, weil sie dachten, die Ruhe und die Einsamkeit würden ihnen gut tun. In den ersten Tagen hatten sie die Sonne und die Stille der Landschaft genossen, hatten jeden Abend an einem anderen Motel haltgemacht, sich in den Swimmingpool gestürzt. Der Wind war sogar nachts so lau gewesen, daß ihre Badesachen und ihre Haut innerhalb von Minuten getrocknet waren. Allmählich hatten sie immer weniger geredet, fast ohne es zu merken. Das Radio im Auto während der langen Fahrten oder später im Zimmer war oft ihre einzige Unterhaltung. Manchmal hielten sie irgendwo, kletterten auf einen Fels und sahen dem Lauf eines ausgetrockneten Bachbettes hinterher oder dem Flug eines Vogels, stundenlang.

Der Arzt kommt zurück, eine Pizzaschachtel in der einen Hand, einen Jumbo-Milchshake in der anderen. Die rechte ist fettig von der durchgeweichten Pizzaschachtel, er wischt sie am Kittel ab. Anna hat Johann jetzt eine ganze Weile nicht mehr zu Gesicht bekommen. Schwester Nancy schiebt einen Rollstuhl zur Tür herein.

»Setzen Sie sich hierhin, wir fahren zum Röntgen.«

»Im Rollstuhl?«

»Eine Aufnahme der Lungenflügel. Es kann sein, daß der Schmerz von dort kommt und nach unten ausstrahlt.« Dreiauge packt die Patientin mit hartem Griff am Arm.

Anna bekommt es mit der Angst, »ich will meine Lunge nicht röntgen lassen. Ich kann immer noch selber gehen.«

Der Arzt dreht sich ihr mißbilligend zu, seine Augen sind von der Hitze geschwollen und tränen über den Lidrand. Schwester Nancy zieht Anna in den Rollstuhl, stellt ihre Füße auf das Trittbrett. Anna will schreien, Hilfe, Johann, hilf mir, sie kann nicht weglaufen, in dem halboffenen Kittel, ohne Kleider, ohne Schuhe, ohne Papiere, sie wird durch die Gänge gerollt, sie hält vergebens nach Johann Ausschau, sie ruft nach ihm, er bleibt verschwunden.

Am frühen Nachmittag sagt der Arzt, seine Schicht sei zu Ende. »Ich kann nichts weiter für Sie tun.« Er schiebt Anna ein Schmerzmittel über den Tisch und eine Rechnung, auf der sie die Summe von 756,95 Dollar unterzeichnen soll. Anna steckt das Mittel ein, unterschreibt und wankt durch die Eingangshalle nach draußen in die Sonne. Dieselbe stechende Nachmittagssonne, die an all den Tagen auf sie heruntergebrannt hat. Auf dem fast leeren Parkplatz hockt Johann neben einem Kaktusstrauch und raucht.

Es ist der Moment, in dem Anna über den Parkplatz auf ihn zugeht und Johann sie sieht und aufsteht, in dem sie glaubt, diesen sehr langen Moment über glaubt, es könne sich etwas ändern. Sie will es ihm sagen, laß es uns anders machen, aber dann merkt sie, wie abwesend seine Augen sind.

»Sie haben nichts gefunden.«

Er macht Anna keinen Vorwurf. Sie steigen ins Auto, ihr Flug, der sie nach Hause bringt, geht übermorgen. Sie haben noch über fünfhundert Meilen zu fahren.

Kurz hinter dem Ort kommen sie an einem kleinen Friedhof vorbei; Johann lenkt den Wagen an den Straßenrand, schnappt sich den Fotoapparat und steigt aus. Anna sieht ihm nach. Er macht das auf der ganzen Reise, er hält bei jedem Friedhof an und fotografiert die Gräber; Fotos von Inschriften und Steinen, Blumen und Votivtafeln, Fotos von Totenköpfen und Skeletten, wie auf ihren Röntgenbildern. Er hat schon eine Sammlung von Grabfarbfotografien zu Hause, aus Prag, London und Amsterdam. Sie beobachtet ihn, wie er durch die Reihen geht, sich manchmal hinkniet, um eine bessere Perspektive zu bekommen. Sie klappt die Sonnenblende herunter, ihr ist schlecht.

»Lieber Gott«, murmelt sie, »lieber Gott, laß es vorbeigehen.«

Johann kommt zurück, mit seinem unruhig ausgreifenden, beinahe hüpfenden Gang.

»Auf diesen Mexi-Gräbern hier steckt überall die amerikanische Flagge, auf jedem einzelnen,« sagt er. »Das sind Patrioten. Die wissen, wo sie hingehören.«

Er hat den Motor noch nicht angelassen, seine Hand hält den Zündschlüssel fest, ohne ihn zu drehen.

»Wenn sie dich operiert hätten –«, sagt er. »Die Probezeit ist noch nicht zu Ende.« Er sieht geradeaus durch die Windschutzscheibe. »Ich hätte alleine zurückfliegen müssen.«

Anna sieht ihn von der Seite an.

»Ja«, sagt sie, »ich weiß.«

Der Mann mit den Eisbären

Sie teilte die Leute, bei denen sie arbeitete, danach ein, ob sie ihre Wohnung so stark heizten, daß man darin im Unterrock herumlaufen konnte, oder ob man zwei Pullover übereinanderziehen mußte. Die Leute mit den heißen Wohnungen hatten Geheimnisse und Geld; in den kalten gab es wenig zu essen, dafür zermürbende Gespräche.

Diese hier war heiß. Es war eine schleichende Hitze, die vom Fußboden aufstieg, von unten in die Kleider fuhr, die Beine hinaufkroch, das Blut schwer machte. Die Frau, die ihr gegenübersaß, hatte eine ausgelaugte Haut im Gesicht, die Halbmonde unter ihren Augen waren gelblich, vielleicht die Spuren von zu viel Nikotin und einer schlechten Leber, die Haare blondiert und störrisch kurz. Sie trug einen engen Rock und war Zahnärztin. Sie suchte einen Babysitter.

Ein Eßtisch mit einer Platte aus Marmor, zwischen ihnen eine Vase mit Lilien und Nelken. Die Hände der Frau bewegten sich synchron auf der Platte voneinander weg und aufeinander zu, während sie mit Verena sprach. Hin und wieder fiel ein Blütenblatt auf den Tisch, das sie einen Moment lang gedankenverloren mit ihren Fingerspitzen berührte, um es dann zu Boden zu wischen. Es gab keine Schränke, keine Regale, die Wände waren verkleidet mit hellen Holzpaneelen, hinter denen sich Stereoanlage und Fernseher verbergen mußten.

Die Frau fragte Verena nicht, ob sie das Kind sehen wollte; es war gerade mal sechs Wochen alt, sie hatte mit dem Stillen gar nicht begonnen, um möglichst schnell wieder arbeiten zu können; es war ihre eigene Praxis und sie war verschuldet. Verena sagte, die Bezahlung sei ein bißchen spärlich für so eine verantwortungsvolle Aufgabe. Die Frau sah Verena fest an: »Wissen Sie, ich bezahle das aus eigener Tasche.« Sie machte eine Pause, und dann zitterte ihre Stimme ein wenig: »Ich möchte nicht, daß mein Mann mich unterstützt.« Sie schaute vor sich hin, die Augen geweitet, als habe sie sich plötzlich an etwas erinnert.

Die Frau hieß Danuta Hirsch und war eine gebürtige Rybacki aus Polen. Ihre Mutter wohnte auch in der Stadt, allerdings weiter draußen. Frau Hirsch hatte ihr die kleine Wohnung besorgt. »Meine Mutter spricht noch immer kein Deutsch«, sagte sie. Sie zeigte Verena die Mikrowelle und den Vorratskeller. Es gebe eine Zugeherin, die sich um den Haushalt kümmere, und Verena habe viel freie Zeit am Anfang, da das Kind noch länger schlief als wach war. »Sie wollen ja sicher Ihren Studien nachgehen.« Verena lächelte zustimmend.

An der Treppe zum zweiten Stock zögerte die Frau. »Wenn Sie wollen, gäbe es auch die Möglichkeit, daß Sie ganz zu uns ziehen. Sie hätten da oben ein eigenes Zimmer mit Bad und Fernseher und müßten nicht jeden Tag durch die halbe Stadt fahren. Allerdings sind wir mit dem Ausbau noch nicht ganz fertig. Wollen Sie es sich ansehen?« Verena schüttelte den Kopf und murmelte eine Ausflucht, aber die Frau drängte sie die Treppe hinauf in ein geräumiges Dachzimmer, das frisch tapeziert war, die Steckdosen waren noch nicht befestigt, aus kreisrunden Löchern lugten Stromkabel, auf dem Teppichboden lag ein in Plastik gewickeltes Waschbecken. Sie standen ein wenig betreten in dem Zimmer, das nach neuem Gummi und abgestandener Luft roch, schließlich ging Verena zum Fenster, das sich schräg in den Himmel schob, und sagte: »Schöne Sicht ins Blaue.«

Am Ende erst kam das Kinderzimmer. Sie wollten das Baby nicht wecken und öffneten die Tür nur einen Spaltbreit. Verena blickte auf eine Wiege mit Baldachin, in der zufrieden der Junge träumte, dahinter standen zwei Stockbetten nebeneinander. Die Frau ging voraus ins Erdgeschoß, wartete auf Verena unten am Treppenabsatz; die stand noch immer in der Tür und zählte. Es waren elf verschieden große Eisbären, die ihr von den Stockbetten entgegensahen.

Der Mann war einen Kopf kleiner als Verena; er hieß Vladimir Hirsch und handelte mit Pelzen. Er hatte dichtes, schwarzes Haar, das auf der Seite gescheitelt war und glatt anlag. Am zweiten Morgen betrat er das Kinderzimmer, in dem Verena das Baby auf dem Arm schaukelte, mit nichts als einem bis zum Hals zugeknöpften, weiß-blau gestreiften Hemd, das bis zur Mitte seiner Oberschenkel hinabreichte. Seine Beine sahen zart und verletzlich aus, sie waren ohne Behaarung und hatten schwache Muskeln. Der Mann führte diese Kinderbeine vor Verenas Augen spazieren und ließ sie den Eindruck erwecken, sie wollten gestreichelt werden. Barfuß und lautlos ging er durch das Haus, er wollte sie unter den Fußsohlen spüren, die seidenen Teppiche, den kühlen Stein.

»Sie wollen nicht bei uns einziehen«, sagte er zu Verena. Es war keine Frage, es war eine Feststellung. Verena sah auf den Mann mit den bloßen Beinen hinab und machte ein verlegenes Gesicht.

Die Frau kam dazu, »Verena überlegt es sich, das Zimmer ist ja noch gar nicht fertig.«

Die Frau sah immer krank aus, mit ihrer gelben Haut und den Halbmonden, und die kniekurzen Röcke saßen eine Spur zu knapp und waren verknittert. Vor der Schwangerschaft haben sie ihr genau gepaßt, dachte Verena, jetzt ist sie eine Fremde darin.

An den Vormittagen blieb Verena mit der Putzfrau allein. Die Putzfrau war nicht gesprächig, verrichtete mürrisch ihre Arbeit und tat so, als existiere Verena nicht. Sie warf mißbilligende Blicke auf die Dinge, die das Ehepaar einfach fallen und herumliegen ließ, und war gekränkt über die Selbstverständlichkeit, mit der von ihr erwartet wurde, daß sie sie aufsammelte und in die Welt der Ordnung zurückbrachte oder entsorgte: geplünderte Erdnußtüten unter dem Wohnzimmertisch, zertretene Zigarettenschachteln, vollgeschneuzte Stofftaschentücher, einzelne Schuhe, durchwühlte Make-up-Utensilien auf der Küchenablage, an Türklinken gehängte Krawatten, ein umgestoßener Papierkorb, verschüttetes Bier. Dabei feierten sie nicht mal Orgien, dachte Verena, sie ließen sich einfach nur gehen. Sie ließen sich jeden Abend gehen in dem Wissen, am anderen Morgen ist da jemand, der ihren Müll wegmacht und den Dreck ihrer Körper neutralisiert.

»Wann ziehen Sie bei uns ein«, der Satz wurde seine morgendliche Begrüßung, und dann nahm Vladimir seine gebrauchte Unterhose und warf sie nachlässig über das Treppengeländer, so daß sie am Erdgeschoß vorbeisegelte und im Keller landete, wo die Putzfrau sie in den Wäschekorb klauben würde.

Vladimir kam näher und baute sich vor ihr auf, bis sein Scheitel fast ihr Kinn berührte. Herausfordernd warf er den Kopf zurück und wiederholte leise: »Wann ziehst du bei uns ein?«

Immer kam in solchen Momenten die Frau in ihrer gelben Haut und vertrieb Verenas Herzklopfen.

Einmal deutete Vladimir auf die Stockbetten: »Meine Lieblingstiere – und meine wahre Leidenschaft.« Verena sah an seinem ausgestreckten Arm entlang, dann seine wie immer bloßen Beine hinunter, deren Haut genauso weiß war wie das Fell der Bären und, glatt und schimmernd, ebenso weich zu sein schien.

Verena vertrieb sich die Zeit mit dem Lesen von Illustrierten, und wenn die Putzfrau außer Sichtweite war, ging sie leise durch die Räume und öffnete vorsichtig Schränke und Schubladen. Das Schlafzimmer war rundum eingesargt mit deckenhohen schwarzen Lamellenschränken, an deren Innenseite sich Spiegel befanden, das Bett ein Podest aus Walnußholz; eines Vormittags stand sie davor und hätte beinahe gewagt, sich darauf zu legen, als eine Hand die Tür aufstieß, Vladimirs Silhouette im Rahmen erschien. Er war in Strümpfen, er sprach in sein Handy, »ich fliege heute abend nach Zürich, Papa, morgen bin ich wieder da, soll ich dir was kaufen, den Obstbrand, den du so gern hast?« Er betonte »Papa« auf der letzten Silbe und lächelte Verena zu, während er sprach; seither machte ihre Scham sie noch einsilbiger.

Das Kind schlief viel in dieser ersten Zeit, aber Verena konnte sich auf keine mitgebrachte Arbeit konzentrieren. Zu viele Spuren gab es noch in dem Haus zu erforschen. In der Küche zum Beispiel hingen gleich neben dem Türrahmen die Fotos von drei kleinen Mädchen, sie mochten zwischen sechs und zwölf Jahren sein. Im Rahmen selbst entdeckte Verena Kerben und bunte Striche, die auf der Höhe ihres Brustansatzes aufhörten.

Die Frau kam am frühen Nachmittag erschöpft nach Hause, hungrig nach Kaffee und Zigaretten und zufrieden, wenn sie zusehen konnte, wie Verena ihrem Kind die Flasche gab.

»Ich bin froh, daß ich Sie gefunden habe«, sagte sie einmal, plötzlich und hilfesuchend. »Ich würde Ihnen gerne mehr Geld geben, wenn ich könnte. Mir gehört nichts hier. Ich muß meine Praxis abzahlen. Mein Mann sieht zu. Er sieht einfach zu. Ich will mich nicht auf ihn verlassen müssen.« Sie deutete mit dem Kopf auf die Fotos. »Er war schon zweimal verheiratet. Jetzt ist es ein Junge. Der erste Sohn.« Ihr Gesicht war müde, aber in ihrer Stimme klang eine Spur Hoffnung. Die Frau war nicht viel größer als der Mann, und Verena fand, sie paßten gut zueinander.

Drei Tage später wurde Verena davon überrascht, daß Vladimir mittags nach Hause kam und sie vor den scheelen Augen der Putzfrau zu einem Essen einlud, das er aus dem nahen Delikatessenladen mitgebracht hatte: Osso buco und eine Flasche Rotwein. Später warf Vladimir die kaum berührten Scheiben Fleisch zusammen mit der leeren Flasche und einem unangebrochenen Laib Brot in den Müll.

An diesem Nachmittag fiel der kleine Sohn ihr zum ersten Mal auf die Nerven. Er brauchte nicht aufzuwachen, solange sie da war, er sollte schlafen, und sie wollte in Ruhe ihre Zeitschriften lesen. Warum sollte sie ihn herzlicher behandeln, als die eigene Mutter es tat. Fast jeden

Morgen sah sie seine Babytrage auf dem Tisch vor dem Fernseher stehen, neben den stinkenden Aschenbechern, in Reichweite der Cracker und der Fernbedienung. Die Putzfrau schlurfte mißbilligend an Verena vorbei, Spucke im Rachen sammelnd, polierte dann die Tischplatte damit.

Der Kleine schrie und schrie. An manchen Tagen saß Verena apathisch neben seinem Bett und starrte untätig auf die zu Fäusten geballten, in die Luft stoßenden Hände.

Vielleicht kamen die drei Mädchen manchmal zu Besuch, am Wochenende, wenn Verena nicht im Haus war. Sie hatte sie noch nie zu Gesicht bekommen. Und dennoch schienen alle vier Betten im Kinderzimmer benutzt zu werden, wenn auch unregelmäßig. Die Eisbären, die dann durcheinander lagen, wurden von Verena liebevoll immer aufs Neue so ausgerichtet, daß ihre verschieden großen Köpfe parallel nebeneinander über die Geländer schauten. Dann weinte das Kind, und sie stieß ihm den Schnuller zwischen die Lippen, daß es vor Schreck die Augen aufriß. Verena, von Reue gepackt, nahm den Jungen auf und hielt ihn im Arm, das Köpfchen an einer Brust, als ob sie ihn stillen würde. Das Haus war ruhig. »Da würde ich auch gerne liegen«, sagte eine Stimme an ihrem Ohr, und als sie aufsah, schwebte der kleine Mann mit den verletzlichen Beinen davon und hinterließ den Hauch eines Kusses auf ihrer Wange.

Es fiel ihr immer schwerer, morgens pünktlich bei den Hirschs zu sein. Sie wußte, wie dämmrig der erste Stock mit seinen Schlafzimmern hinter den zugezogenen Vorhängen sein würde, sie roch schon auf dem Hinweg das

Parfum der Frau, hörte den Mann sich rasieren und hatte die Wärme von aufgestoßener Babymilch in der Nase. Später würde sie ratlos im Vorratsraum im Keller stehen, Regale gefüllt mit russischen Konserven, mit Trockenwurst, Nudeln und Fertiggerichten, mit Zigarettenstangen, Letscho, eingelegtem Kohl, Kaviardosen und flachgelegten Champagnerflaschen. Und überlegen, was sie zu Mittag essen sollte.

»Wo haben Sie sich kennengelernt«, fragte Verena die Frau.

»In Paris«, sagte die, »ich habe in Paris studiert. Ich hatte ein Stipendium.« Sie schwieg eine Weile. »Damit ich später meine Familie versorgen könnte. Deshalb habe ich studiert.« Wieder machte sie eine Pause. »Um nebenbei etwas zu verdienen, habe ich Pelze vorgeführt. Das war nicht beliebt. Tierschutz und so.« Sie schmunzelte zum ersten Mal. »Pelze für kleine Frauen.«

Ihr Bruder tauchte unverhofft auf und brachte ein wenig Gelächter in das entwöhnte Haus. Er war groß, trug blonde Locken, goldene Ringe an den Fingern und hielt an dünnen Leinen zwei eingebildete, frischtoupierte Pekinesen. Er spielte den ganzen Nachmittag Schach mit Verena, nannte sie Verenki, schaukelte seinen Neffen auf dem Schoß, der es sich begeistert gefallen ließ, wollte sich mit Verenki zum Ausgehen verabreden, sprach von seinen Zeichnungen, die er bald ausstellen wolle, hinterließ eine süße Duftwolke und den Eindruck, daß er seine Schwester nötigte, ihn auszuhalten.

Die Putzfrau schlurfte durch das Haus und murmelte, sobald sie Verenas ansichtig wurde, vor sich hin, »ich zähle die Tage, ich zähle die Tage«.

Eines Morgens ging Vladimir nicht zur Arbeit. Verena saß auf dem Boden des Kinderzimmers, das Baby auf dem Schoß. Vladimir kniete sich zu den beiden und sah dann zu den Stockbetten hinüber: »Ihr Fell ist für mich das schönste, wertvoller als Nerz, weicher als Seide, beruhigender als die Haut einer Frau.« Er sah die Tiere an, dann Verena. »Alle meine Kinder wurden so gezeugt, im Herzen der Arktis, inmitten der Eisbären.« Er lachte. Verena zog ihre Hände, die auf dem Teppich lagen, nicht zurück.

Die Frau bat Verena, sie mit dem Kind zu ihrer Mutter zu begleiten. Der Bruder würde auch da sein. Sie fuhren in einen nördlichen Vorort; es war ein städtisches Krankenhaus mit regenbraunen Streifen an der Außenwandverkleidung. Die Mutter lag in einem Zimmer mit fünf anderen Frauen, eine dicke Polin, die Beine durchknotet von Krampfadern; schwerfällig richtete sie sich mit Hilfe ihrer Tochter aus dem Bett auf, strich sich lange Haarsträhnen aus dem Gesicht, versuchte, sie mit einer Hand in ihren Pferdeschwanz zurückzuverstauen; musterte Verena aus geschwollenen Lidern, abfällig und ungerührt, und saß so eine Dreiviertelstunde in ihrem Blümchenbaumwollnachthemd auf dem Bett, während die Tochter ihren Pelzmantel nicht ablegte, der Mutter die Hausschlappen an die Füße steckte, die diese mit raschen Bewegungen von sich schleuderte. Sie ließ die Tochter Orangen schälen, um jeden Speitel einzeln in den Mund zu stecken, eine Weile darauf herumzulutschen und ihn dann unversehrt wieder auszuspucken. Und der Sohn lehnte im Türrahmen, mit seinen goldenen Locken, und summte, *honey pie, you are makin' me crazy,* bis der

Pfleger kam und darauf hinwies, daß Hunde im Krankenhaus verboten seien. Verena sah ihn durchs Fenster im Park spazierengehen, die Pekinesen sprangen wie Bälle hinter ihm her. Die Mutter sagte kaum etwas, sie stöhnte ein bißchen und kraulte den Jungen an der Wange und sich selbst am Kopf, und die Tochter war bleich in ihrem Mantel und sah kränker aus denn je.

Verena sitzt mit einem Buch neben dem Kinderbett, der Junge schläft, es ist Mittagszeit. Der Mann kommt, er geht langsam auf Verena zu, die Hände hinter dem Rücken. Vor ihr hält er inne und legt ihr eine Pelzstola auf die Knie, eine Stola aus weißem Polarfuchs. Er schweigt. Und dann lächelt er und sagt »nur so«, und geht hinaus.

Am nächsten Morgen sagt Verena der Frau, sie wolle ihre Stelle kündigen. Die Frau starrt sie entsetzt an. »Aber Sie bleiben doch noch so lange, bis ich jemand anderen gefunden habe.«

Hundskopf

Das Telefon klingelte am späten Vormittag. Richard war dabei, die Schnapsflaschen aufzufüllen und mit neuen elektronischen Mengenzählern zu versehen. Er hatte eine kurze Nacht hinter sich, und Sprechen strengte ihn um diese Tageszeit zu sehr an. Sonja, die Frühschichtkellnerin, hob ab, meldete sich korrekt und lauschte mit ausdruckslosem Gesicht. Richard wollte den nächsten Ausgießer aufsetzen, da reichte sie den Hörer an ihn weiter.

»Wer«, fragte er. Sonja zuckte die Schultern.

»Ja«, sagte Richard maulfaul.

»Spreche ich jetzt mit dem Besitzer der BIERWELLE«, eine Frauenstimme, die von weit her kam, aus einer menschenleeren Gegend, und dünn und einsam klang.

»Worum gehts.«

Richard überblickte die restlichen Flaschen, wenig mehr als zwei Dutzend; er könnte in einer Stunde mit ihnen fertig sein, und dann blieb ihm vielleicht noch Zeit, kostbare Zeit, um Schlagzeug zu üben, bis er seine Frau zum Essen treffen würde.

»Hallo«, Richard bekam keine Antwort, »wer ist denn dran.«

»Man hat mir gesagt, Sie seien« – die Frau machte eine Pause, und er konnte hören, wie sie ausatmete – »ein Mann für bestimmte Aufträge.«

Ihre Unsicherheit. Langsam wandte Richard seinen Blick ab von den Flaschen, richtete ihn auf das Holz des Tresens vor sich, wo schwitzige Hände in jahrelangem Haltsuchen dunkelglänzende Flecken hinterlassen hatten.

»Ja«, es war ein ungeduldiger Reflex von ihm, keine Antwort, aber die Frau nahm es als Bestätigung, und wieder hörte er von fern, aber deutlich, ihren Atem.

»Gut«, sagte sie. »Gut. Gut.« Sie versuchte einen kleinen erleichterten Lacher. »Sie verstehen, was ich meine. Sie wissen, worums geht.«

Richard hatte keine Ahnung, wovon die Frau redete, ein Mann für bestimmte Aufträge, vielleicht hielt sie ihn für einen Callboy. Er fühlte sich benommen und gleichzeitig ein wenig high, und er mochte dieses Gefühl nach einer durchgemachten Nacht und wenig Schlaf.

»Ja. Ja, klar«, sagte er ironisch, »ich bin Ihr Mann.«

Ein Lachen entschlüpfte ihm, das sich wie ein nervöser Rülpser anhörte. Wahrscheinlich steckte Arnold dahinter. Was für ein Scheißscherz. Und um diese Tageszeit. Diesmal würde er sich nicht verarschen lassen. Sonja kam und entrollte vor seinem Gesicht ein Plakat, auf dem er »*Dominika... ...publik*«, entziffern konnte, und die Werbung für eine Band, die demnächst bei ihm auftreten wollte. Er nickte Sonja zu.

Die Stimme sagte: »Ich habe da ein Problem, und ich möchte, daß Sie es für mich lösen. Können wir jetzt gleich darüber reden?«

Richard lauschte den Worten nach und fiel, er fiel langsam aus einer großen Höhe. Und dann, zu seinem eigenen, vollkommenen Erstaunen, zögerte er nur ein, zwei Augenblicke.

»Rufen Sie mich morgen noch mal an. Nicht hier. Ich gebe Ihnen eine Nummer.«

»Natürlich«, sagte sie. An dem überzeugten Klang konnte er feststellen, daß es genau das war, was sie erwartet hatte. Es fiel ihm nichts Besseres ein, als ihr seine

Privatnummer zu geben, und dann nannte er eine Uhr-
zeit.

»Ich werde pünktlich sein«, sagte sie und legte auf.

Verblüfft, verblüfft und ungläubig. War es ein Scherz,
eine ganz dumme Verlade, aber von wem? Er musterte
Sonja mißtrauisch, die eindeutig kein Grinsen vor ihm zu
verbergen suchte, und ebenso beobachtete er die wenigen
frühen Gäste, in deren Verhalten alles so war wie immer.
Konnte seine Frau hinter der Sache stecken? Aber warum sollte sie ihn reinlegen wollen? Als sie ihn in der
Kneipe zu einem späten Mittagessen abholte und vor
ihm zu seinem weißen Chevy stöckelte, starrte er auf
ihren Hintern, nach dem ihn manchmal eine Sehnsucht
befiel wie nach einem Regentag im Sommer. Er lächelte
sie während des Essens mit so ernster Herzlichkeit an,
daß sie sich ihm besorgt entgegenbeugte.

»Was willst du mir sagen, Ritchie, bist du etwa krank.«

»Verkatert«, sagte er und aß schweigend weiter. Sie
waren seit sieben Jahren verheiratet, lebten aber seit über
einem Jahr getrennt und hatten keine Kinder. Die meiste
Zeit war er mit beiden Tatsachen einverstanden. Jenny
hatte immer betont, »weißt du Ritchie, unser Nachtleben
ist für Kinder un-zu-mut-bar«, und Richard hatte ihren
Mund beim Sprechen beobachtet und gedacht, daß die
Worte eher anders herum einen Sinn ergaben, aber sein
Kopf nickte, und wenn Jenny hinzufügte, sie wolle sich
nicht ihre Zukunft verbauen, eine Zukunft, in der sie irgendwann von einem Tag auf den anderen alles stehen
und liegen lassen und nur mit einer Tasche in die Karibik
fliegen würde, »und das ist mit Kindern nicht drin, das ist
nicht drin, gib es zu, Ritchie«, dann gab er es zu. Aber es

war eben auch nicht drin, wenn man Besitzerin einer 24-Stunden-Kneipe war, und das war der Grund, warum er sich um das Geschäft nun allein kümmerte und an seine Frau einen monatlichen Anteil auszahlte, der fast den ganzen Gewinn verschlang. Bequem, geradezu luxuriös für sie, die Kneipe gehörte immer noch ihr, und er war nur ein besserer Angestellter. Die Rackerei rund um die Uhr und die ständige Kontrolle, die er über die Kellner behalten mußte, damit sie ihn nicht hintergingen und in die eigene Tasche wirtschafteten, machten ihn allmählich mürbe. Und du, Jennybaby, bitte verarsch mich nicht, du brauchst mich, ich bin deine monatliche Sofortrente auf Lebenszeit.

»Was hast du denn«, drängte Jenny noch einmal, aggressiver, und als er nicht gleich antwortete, setzte sie mit einem ihrer Lieblingsstachel nach: »Du solltest dir endlich ein neues Auto zulegen. In dieser Schrottkiste siehst du aus wie ein bankrotter Fischhändler.« Er sah sie an und wußte plötzlich, daß sein Verdacht gegen sie vollkommen absurd war. Sie würde ihm ein Geschäft jener Art niemals zutrauen, niemals.

Den Nachmittag verbrachte er allein zu Hause, und entgegen seiner Gewohnheit ließ er sich dazu hinreißen, auf dem Bettrand zu sitzen und vor sich hinzudämmern, obwohl auf seinem Schreibtisch ein Haufen Abrechnungsarbeit wartete. Ein Mal ging er in den Keller, starrte auf sein Schlagzeug wie auf ein rätselhaftes extraterrestrisches Lebewesen, schüttelte den Kopf und ging wieder nach oben. Und einige Male unterdrückte er den Impuls, aufzustehen und seinen besten Freund Arnold anzurufen; er beschloß, mit niemandem zu reden, mit niemandem;

erst wollte er den nächsten Anruf abwarten. Wenn es wirklich ein merkwürdiger Scherz war, dann hätte er Arnold eine kleine Geschichte zu erzählen, eine Anmerkung bei einem Daiquiri oder einem Mezcal, den kurzen Epilog einer weiteren durchsoffenen Nacht. Seine Augen brannten vor Schlaflosigkeit, und als er sich die nächste Zigarette anzündete und an die Stimme der unbekannten Frau dachte, wußte er plötzlich mit unfehlbarer instinktiver Sicherheit, daß dies kein Spiel war, dies war ernst. Er sog den Rauch tief ein, und sein Herz klopfte heftig.

Am Abend, bevor er in die Kneipe fuhr, wo er jeden Dienstag mit seiner kleinen Drei-Mann-Band auftrat, zog er seine schwarzen Wildlederschuhe an, die, die vorne spitz zuliefen und halbhohe Absätze hatten. Er betrachtete sich im Spiegel, wie ihm die krähenschwarzen Haare über die Stirn fielen und er sie mit den Fingern zurückkämmte, die Zigarette im Mundwinkel, er war schmal, sogar dünn, trotzdem muskulös, und er fand plötzlich, daß man ihm seine fünfunddreißig gar nicht ansah; er mußte nur darauf achten, die Schultern nach hinten zu schieben. Er dachte an die Jahre, in denen er von Bar zu Bar und Gig zu Gig gezogen war, während er seinen Lebensunterhalt als Ausfahrer für einen Getränkegroßhandel verdiente. Bei Jennys Kneipe hatte er unnötig oft Station gemacht, umständlich lange Lieferzettel ausgefüllt, sich schmerzhaft verliebt. Das Getränkekistenschleppen, stellte er belustigt fest, hatte seine Muskeln wenigstens immer in Form gehalten. Er war doch ganz auf der Höhe seines Lebens, wieviel Mut brauchte es, um etwas Neues anfangen zu lassen. Ein Spruch seines

Vaters fiel ihm ein, an den er seit Jahren nicht mehr gedacht hatte: *Der Herr schickt Dir Aufgaben, um Dich wachsen zu sehen.* Religiöse Kacke, hatte er früher geschimpft, heute grinste er, er grinste und wippte in seinen Schuhen, er lachte sein Spiegelbild an, dachte an seinen toten Vater, sagte: »Genau«, und sagte: »Bingo«, und lachte noch einmal und drückte die Zigarette in seinem Totenkopfaschenbecher aus.

Mittwoch

Das Telefon läutete auf die Minute zur angegebenen Zeit. Sie konnte seine Privatadresse ohne Schwierigkeiten herausfinden, wenn sie sie nicht ohnehin schon hatte; das Risiko mußte er in Kauf nehmen. Beim zweiten Klingeln schaltete er die Mitschneidefunktion des Anrufbeantworters ein und hob ab.

»Sie erinnern sich an mich. Wir haben gestern kurz gesprochen.«

Die Stimme klang voller, älter, auch härter als beim ersten Mal, sie war kein Traum, keine Einbildung gewesen, sein Herz raste davon wie auf einem Speedway.

»Ja«, sagte er einfach.

»Ich habe einen Auftrag für Sie.«

»Das habe ich verstanden.«

Sie blieb vorsichtig. »Sehen Sie, Sie sind ein Geschäftsmann und ich bin eine Geschäftsfrau. So ist es doch.«

Er schätzte sie auf Mitte vierzig; sie mußte starke Raucherin gewesen sein oder war es noch, und Richard stellte sie sich vor, wie sie in ihrem Büro oder zuhause saß, womöglich ganz in der Nähe, und diese Dinge mit ihm besprach, als wären sie alltäglich.

»Als Geschäftsfrau erwarte ich absolute Diskretion.«

Wer auch immer sie sein mochte, es war klar, daß sie keine Ahnung von dieser Art Geschäfte hatte. Er entspannte sich.

»Das liegt wohl vor allem in *meinem* Interesse.« Er war sich seiner Sache zu sicher gewesen und hatte Mühe, das Zittern in seiner Stimme zu verbergen.

»Keine Namen, keine Gesichter.« Die Frau war jetzt eher feststellend, sogar fordernd, als fragend.

»Keine Namen, keine Gesichter«, bestätigte er.

Irgend jemand mußte ihr diese Parole eingeimpft haben. Er wollte sie fragen, wer sie zu ihm geschickt hatte. Sie vorsichtig aus der Reserve locken. Das Band in der Kassette lief ruhig und fast geräuschlos.

»Mit einer Ausnahme«, sagte Richard. »Die Empfehlung.«

Darauf war sie nicht vorbereitet.

»Blinde Aufträge nehme ich nicht an«, sagte Richard, er hatte den Ausdruck gerade erfunden.

Sie schien verunsichert.

»Woher weiß ich, daß Sie sauber sind?«

»Ich war im BLUEBIRD. Jemand hat mir eine Nummer aufgeschrieben. Ich kenne keine Namen, keine Namen«, sagte sie eilig und angstvoll. Es konnte nur eine Verwechslung sein.

»Also worum gehts.«

»Um eine Person, um eine Person natürlich«, jetzt klang sie wieder dünn wie bei ihrem ersten Gespräch, und sie redete langsam, als kämpfe sie darum, bei klarem Bewußtsein zu bleiben. »Um einen Mann.« Sie machte eine Pause. »Ich wüßte gerne zuerst, wie Ihre finanziellen Vorstellungen sind.«

»Das kommt darauf an, was genau ich tun soll.«

»Ich möchte, daß Sie –«

»Ja –«

»Daß sie bis zum Ende gehen.«

Die Worte schwebten eine Weile in der Luft und bildeten ihr eigenes Echo. »Sie meinen also das Äußerste.«

»Ja. Das absolute Ende.« In ihrer Stimme schwang nicht der Hauch eines Zweifels.

Richard hielt den Hörer kurz von sich weg, um tief einzuatmen.

»Fünfzigtausend. Wenn es keine besonderen Schwierigkeiten gibt.« Er bewegte sich auf ganz dünnem Eis.

Die Zahl überraschte sie hörbar. Es dauerte mehrere Sekunden, bis sie antwortete.

»Das ist sehr viel, sehr, sehr viel Geld.«

»Denken Sie an mein Risiko.« Er sagte lauter Sätze, von denen er nicht gewußt hatte, daß sie in seinem Mund warteten.

»Können wir über den Preis noch reden.«

Es war ihm egal, sie nahm an oder nicht, er improvisierte und bluffte hier ständig, und sobald sie das merkte, wäre das Spiel aus.

»Nein«, sagte er. »Wir können nicht über den Preis reden. Ich bekomme zehntausend im voraus an eine Adresse, die ich Ihnen nennen werde. Dann werde ich mir den Fall ansehen, und Ihnen Bescheid geben, was zu machen ist. Ob überhaupt etwas zu machen ist. Vielleicht ist auch nichts zu machen. Die zehntausend bekomme ich auf alle Fälle. Spesen und Risiko.«

Sie machte jetzt keinen Versuch mehr, zu verhandeln.

»Einverstanden«, sagte sie.

»Dann sagen Sie mir jetzt, um wen es sich handelt.«

»Er fährt einen weißen Chevrolet, es gibt davon nur ganz wenige.«

Eine Sekunde lang wurde Richard schwindlig. »Moment mal –«

Sie gab ihm das Kennzeichen. Es war nicht seins. Er war nicht das Opfer, er war eindeutig dazu bestimmt, der Täter zu sein.

»Winfried Morschwitz, Forstgrund 6.«

»Was ist das für ein Typ.« Richard hatte die Sache deutlich in der Hand; er war erleichtert, jetzt, wo der Auftrag einen Namen und eine Gestalt hatte. Es war alles übersichtlich und völlig normal.

»Er ist Bauunternehmer, das Büro ist in Hammerbrook. Die Adresse, die ich Ihnen gegeben habe, ist seine private.«

»Sonst irgendwelche Besonderheiten.«

»Ja, der Kerl ist ein Arschloch.« Die Frau meinte es offensichtlich ernst, aber dann lachte sie.

»Ja«, sagte Richard und lachte auch, »klar.«

Er gab ihr einen erfundenen Namen und eine existierende Adresse und sagte, sie solle die zehntausend am nächsten Vormittag mit der Post dorthin schicken.

Es war noch nicht Mittag, Richard war auf dem Stuhl neben dem Telefon sitzen geblieben. Er starrte seine Hände an, die die eines Fremden waren, und dann betrachtete er lange das Telefon und die Gegenstände in dem Zimmer. Sie gehörten nicht mehr zu ihm, er war in eine Welt eingetaucht, in der alles, auch das Vertrauteste, nie gesehen und fern erschien; jede Bekanntschaft mit jedem Ding, mit dem Sofa, seinen Schuhen, dem billigen Teppich darunter, mußte aufs Neue geschlossen werden;

es galt, andere Gesetze zu verstehen. Er wünschte sich, er hätte mehr Zeit, um keinen Fehler zu machen. Richard wischte sich mit dem Handrücken sorgfältig über die Stirn, seine Haut fühlte sich eiskalt an. Fünfzigtausend. Fünfzigtausend war eine Menge Schotter. Eine ganze Menge Schotter. Mit fünfzigtausend konnte er sich scheiden lassen, ohne kleinlich sein zu müssen, und dann reichte es immer noch, um sich selbständig zu machen, eine eigene kleine Kneipe, eine Bar, und es mußte nicht mal hier in Hamburg sein, er konnte weggehen, nach Jamaika zum Beispiel, seinem heimlichen Traum, obwohl er nie dort gewesen war. Tatsächlich waren fünfzigtausend fast fünfmal soviel wie bei einem Geschäft dieser Art üblich, aber das sollte Richard erst später erfahren.

Er rauchte und fixierte durch das Fenster die gegenüberliegende Häuserfront mit zusammengekniffenen Augen. Nacheinander traten eine Frau und ein Mann auf ihren Balkon, begutachteten ihre Begonien, zündeten sich jeder eine Zigarette an, sahen die Straße hinauf und hinunter, und knipsten da und dort eine welke Blüte ab, bis sie mit Rauchen fertig waren. Seit er hier wohnte, wiederholte sich diese Szene, oft mehrmals am Tag. Und Richard wurde klar, daß es nicht um das Geld ging; es ging nicht um die Fünfzigtausend, auch ohne Fünfzigtausend hätte er sich längst scheiden lassen können, wenn er es wollte, auch ohne Fünfzigtausend könnte er weggehen und irgendwo anders irgend etwas anderes tun, wenn er es wollte. Er war allein, und er war noch nicht zu alt dafür. Unverhofft war ein Mensch aufgetaucht, der ihm etwas zutraute, etwas Besonderes zutraute, auch wenn es ein Mißverständnis war. Er könnte ein Killer sein.

Er ging zum Schrank, um ein frisches Paar Hosen

rauszusuchen, und seine alten, panthergefleckten Jeans fielen ihm in die Hände. Er hielt sie sich vor dem Spiegel an die Hüften, lächelte und entschied sich für einen dunklen Anzug, den einzigen, den er besaß, und den er nur einmal, zur Beerdigung seines Vaters, getragen hatte. Als er ihn jetzt anzog, hatte er zum ersten Mal seit langer Zeit das Gefühl, in der richtigen Haut zu stecken.

Er wippte einmal kurz in seinen schwarzen Schuhen, das schien eine neue Angewohnheit zu werden, und fuhr in die Kneipe, um nach dem Rechten zu sehen und die Tagesgeschäfte zu erledigen.

Sonja, die die ganze Woche Frühschicht hatte, pfiff durch die Zähne.

»Wow, Ritchie, gehst du zu ner Hochzeit.«

»So ähnlich«, antwortete er und ließ kurz seine Zähne sehen. Es wurde Zeit, daß er diesen Kosenamen aus der Welt schaffte.

»Nenn mich nie wieder Ritchie«, sagte er zu Sonja, überaus freundlich, aber in einem Ton, den sie von ihm nicht gewöhnt war, und ging zur Kasse, um sich ein paar Scheine rauszunehmen.

»Okay«, Sonja zuckte erstaunt die Schultern.

Richard begann mit der Observation, wie er es für sich nannte, im Forstgrund am frühen Nachmittag, obwohl er nicht damit rechnete, daß der Mann noch zu Hause war. Aber er hatte Glück; vielleicht war Morschwitz zum Mittagessen gekommen oder er war noch gar nicht aus dem Haus gegangen, jedenfalls kam er kurz nach zwei von hinten aus dem Garten und ging in die Garage. Kurze Zeit später fuhr der weiße Chevrolet Richtung Innenstadt. Ein irritierender Schock, das Auto zu sehen, das vollkommen seinem eigenen glich, nur daß er seins gebraucht gekauft hatte, und jetzt war es ein Wrack, aber die Marke zu fahren war der einzige Luxus, den er sich je gegönnt hatte. Auch Morschwitz selber, obwohl älter, hatte Ähnlichkeit mit Richard, dieselbe schmale Figur, dieselben glatten, schwarzglänzenden Haare. Beobachte dich selbst, fahr dir selbst hinterher, Richard, die getunte Version, in einem anderen, teureren Leben.

Er folgte ihm durch die Stadt, wartete eine gute Stunde vor einem Sanitärgroßhandel auf ihn, und begleitete ihn weiter bis zu einem Eppendorfer Bürohaus, in dem, wie Richard feststellte, ein Heilpraktiker seinen Sitz hatte, und eine Anwaltssozietät, auf deren Schild fünf Partner, jeder mit Doppelnamen, aufgeführt waren. Richard rief dort an, sie waren spezialisiert auf Wirtschafts- und Familienrecht. Wahrscheinlich eine Trennungsgeschichte. Er wartete nicht auf Morschwitz.

In der Nähe des Hafens, in HERMANNS PILSHÜTTE, trank er ein Bier, und fuhr dann in die Turnerstraße 3. Ein Freund von ihm hatte dort lange gewohnt, und er wußte, daß es hier, wie in den meisten Häusern im Viertel, immer einige unbenutzte, ramponierte Briefkästen gab. Er suchte sich einen aus, brachte ein Klebeband an und schrieb mit Filzer »Waller, Werner« darauf. Anschließend stemmte er das aufgebogene Türchen mit einer kleinen Blechzange zurecht und vergewisserte sich, daß er das Schloß mit einem Schraubenzieher öffnen konnte. Es war ein Kinderspiel.

Richard konnte mit dem Tag zufrieden sein. Die Aufregung und das nervöse Gefühl waren beinahe verschwunden. Er genehmigte sich noch zwei Bier am Hafen, obwohl er wußte, daß ihn das müde machen würde, er hatte den ganzen Tag über nichts gegessen, und er saß wieder bei Hermann, weil er nur trinken und nicht reden wollte. Sein Anzug war verschwitzt, aber das störte ihn nicht. Richard betrachtete die Möwen, die auf dem Pflaster nach hingeworfenen Brot- und Fischresten pickten, und ihm fiel ein, wie sie früher Tontauben mit der Schrotflinte geschossen hatten, er und sein Vater. Sein Vater hatte ihn andauernd zurechtgewiesen, »Junge, laß dir Zeit. Nicht gleich losballern, sobald irgendwas in deinem Gesichtsfeld auftaucht, langsam anvisieren, mit der Bewegung mitgehen; warte ab, bis du weißt, wohin die Scheibe fliegt, was sie als nächstes macht. Du bist zu schnell. Du bist zu schnell.« Die kratzige Stimme hallte in seinen Ohren, aber all das war so lange her, daß er keine Regung damit verbinden konnte außer die wenig traurige Erinnerung an den Alten, der inzwischen auf dem Vorberger Friedhof lag. Er hatte den Kontakt zu seinem Vater abgebrochen und nur noch manchmal an ihn gedacht, wenn er übte, seine Sticks zwischen den Fingern herumwirbelte, die Sticks, mit denen er schnell sein mußte, schnell und präzise, und wenn sein Vater von jemand umgebracht worden wäre, damals, hätte er diese Tatsache wahrscheinlich mit kühler Neugier zur Kenntnis genommen. Aber der war friedlich an Lungenkrebs gestorben. Richard bestellte sich einen Klaren. Für Morschwitz kam nur eine Kugel in Frage, alles andere war undurchführbar; er konnte ihn weder vergiften noch verunglücken lassen, und mit einem Messer wäre das Risiko einer blutigen Rauferei viel zu groß. Morschwitz sollte einen schnellen, überraschenden Tod haben, das wäre das einzige, was er für ihn tun könnte. Richard wollte nicht darüber nachdenken, ob

Morschwitz seinen Tod verdiente. Aber du spielst doch Schicksal. Der Gedanke beschrieb ein Fragezeichen in der Luft über dem Hafen. Dies, dachte Richard, sei ein reichlich pathetisches, reichlich hysterisches Wort für die Verwicklungen, in denen sich die Milliarden von Leben tagtäglich befanden. Unfälle, Kündigungen, geplatzte Kredite, Epidemien, Flugplanwechsel, Begegnungen auf der Herrentoilette, hinter all dem standen schließlich Handelnde. Er war nur einer von ihnen, ein Handelnder wie alle anderen auch, er trug die Verantwortung für sein eigenes Leben, nicht für ein anderes. Genausogut konnte es demnächst ihn treffen, wer weiß, was morgen mit ihm passierte, was irgendein anderer mit ihm vorhatte, und er konnte nichts dagegen tun. Den Kurzschluß in seiner Schlußfolgerung schob er schnell beiseite, es befriedigte ihn, daß er fähig war, die Dinge klar zu Ende zu denken. Er brauchte einen Revolver mit Schalldämpfer. Ich hätte gern noch einen Klaren. Ich hätte gern einen Revolver mit Schalldämpfer und einen Klaren. Bringen Sie mir erst mal nur den Klaren. Und einen Waffenschein. Also bitte, einen Schalldämpfer, einen Klaren, und einen Waffenschein.

Es hatte Messerstechereien gegeben auf dem Kiez; die Claims auf St. Pauli waren relativ stabil abgesteckt, aber in den Nachwendezeiten versuchten dubiose albanische Bosse, die große Mengen Schwarzgeld loswerden mußten, über Mittelsmänner Immobilien aufzukaufen, um anschließend von den übernommenen Kneipen- und Nachtclubpächtern Schutzgelder abzukassieren. Richard tat sich mit den benachbarten Pächtern zusammen, aber während die anderen sich Waffen besorgten, beschränkte er sich darauf, rund um die Uhr zwei statt bisher einen Türsteher zu beschäftigen; darunter war leider der großgewachsene Amerikaner, im Gegensatz zu Richard ein beeindruckend durchtrainierter Typ, der früher bei den Marines gewesen war, und mit dem Jenny ein Verhältnis anfing, bis sie ihn sogar seinetwegen verließ. Darüber war längst Gras gewachsen. Derek, der Marine, arbeitete immer noch bei ihm, einer der zuverlässigsten Rausschmeißer, den Richard je gehabt hatte, Jenny war bei einem Papageientrainer gelandet, die Albaner hatten sich zurückgezogen, und Richard konnte im Sommer sogar wieder seine Kübelpflanzen auf den Bürgersteig stellen, die wie eh und je daran krepierten, daß in ihre Topferde zuviel hineingepinkelt und -gekotzt wurde, aber nicht mehr daran, daß einer versuchte, sie durch die Eingangsscheibe zu werfen.

Jenny war gegen einen Waffenschein, sie sagte: »Wo eine Waffe ist, wird sie früher oder später auch benutzt.« Richard lachte auf, wie recht sie gehabt hatte, gerade jetzt würde er sie brauchen, als ihm einfiel, daß er tatsächlich eine Waffe zu Hause hatte. Sie war ein Geschenk von Jennys Vater gewesen, und der Anlaß war so unangenehm, daß er die Waffe deshalb gründlich verdrängt hatte. Sein Schwiegervater, »der kleine Spielautomatenkönig«, hatte sich ein schönes weißes Haus in Glinde gebaut, und eines nachts, als er mit seiner Frau bei einem Hello-Pillow-Drink saß, wurden sie von drei Einbrechern überrascht, die dem Wachhund die Kehle durchgeschnitten hatten. Sie fesselten das Ehepaar an zwei Stühle und fingen an, mit einem Feuerzeug die Augenbrauen des Alten abzusengen, bis der seine Safenummer ausspuckte. Die Räuber wurden nie gefaßt, Richards Schwiegermutter hatte einen Schock, und der kleine Spielautomatenkönig ließ einen Stacheldraht über seine Grundstücksmauer ziehen und die Alarmanlage erneuern. Und zudem deckte er die gesamte Familie mit Faustfeuerwaffen ein.

Richard zahlte und machte sich sofort auf den Weg. Seit Jenny ihn vor die Tür gesetzt hatte, lebte er in einer Erdgeschoßwohnung, zu der zwei Kellerräume gehörten; in dem einen hatte er sein Schlagzeug aufgebaut, das andere stand voller unausgepackter Kisten mit dem Zeug, das keiner von beiden behalten wollte. Richard fand das Bündel sofort. Die Waffe steckte in einem Halfter. Er öffnete ihn und nahm sie vorsichtig zwischen beide Hände. Sie war schwer, glänzte immer noch poliert und roch sogar nach Waffenöl. Er strich behutsam über den Lauf, dann klappte er die Trommel zur Seite und betrachtete nachdenklich die Patronen, Teilmantelgeschosse, die ihm mit ihren Zündkapseln entgegenglänzten. Seine Hände zitterten.

An diesem Abend nahm Richard ein langes heißes Bad, dann legte er sich aufs Bett, den Revolver auf seiner Brust. Er schloß die Augen und überlegte sich, wie er es ablaufen lassen wollte.

Die beste Zeit wäre zwischen drei und vier Uhr nachts. Wenn er sicher wäre, daß Morschwitz allein zu Hause war, würde er ihn aus dem Schlaf klingeln und an der offenen Haustür erschießen. Gummistiefel, Maske, Handschuhe, das Blut war ein Problem, nichts anfassen, die Kleidung vernichten, keine Spuren im Haus. Ein Schuß mußte genügen, die Haustür einfach zuziehen, da wären keine Hinweise auf einen Einbruch. Und wann würde man anfangen, Morschwitz zu vermissen. Den Ball niedrig halten, zu ihm würde keine Spur führen, solange ihn niemand beobachtete. Fehlte nur noch ein Schalldämpfer. Arnold, ich komme. Und Richard schlief ein.

Er ließ sich Zeit fürs Frühstück, sagte in der BIER-
WELLE Bescheid, daß er erst am Abend kommen werde,
und nahm die Ausfahrtstraße Richtung Neugraben. Er
mußte den Stadtplan zu Hilfe nehmen, um eine Straße zu
finden, von der aus er in die Heide marschieren konnte.
Den Revolver trug er im Halfter unter seiner Jacke, in
der Gürteltasche steckte wie gewohnt sein Leatherman.
Die erste halbe Stunde blieb er auf den Spazierwegen, wo
er noch hin und wieder auf Fußgänger, Jogger und Müt-
ter mit Kindern traf. Je weiter er sich entfernte, desto
spärlicher wurden solche Begegnungen, wobei ihm das
Wetter zu Hilfe kam, denn es fing an zu nieseln. Bald
verließ er den Weg und wanderte in den Wald hinein, auf
der Suche nach dem entlegensten Stück, nach dem dich-
testen Unterholz, der größten Stille. Eine Dreiviertelstunde später fand er sich in einem Mischwald, der sich in
alle Richtungen gleichmäßig auszudehnen schien, und
nirgends mehr den Blick auf freie Heide oder Lichtungen
oder Felder freigab. Er hatte sich warmgelaufen, als er
jetzt stehenblieb und lauschte, hörte er die vereinzelten
Rufe von Vögeln und sein eigenes unregelmäßiges Atmen.
Außer ihm gab es keinen Menschen hier, er nahm den
Revolver aus dem Halfter, hockte sich einen Moment
hin, bis sein Puls ruhiger wurde, sah sich immer wieder
vorsichtig um und horchte. Kleine Zweige knackten am
Boden, und der Wind machte morsche Äste ächzen, der
Regen drang nicht durch die Blätter. Richard stand auf
und zielte auf einen Baum, der vier bis fünf Meter vor
ihm stand. Er hielt den Revolver mit beiden Händen,
trotzdem war der Rückschlag so stark, daß er rückwärts

taumelte, die Hände riß es nach oben. Der Baumstamm hatte ungefähr drei, vier Handbreit, genug, um ein gutes Ziel abzugeben. Richard suchte nach einer Spur, die Kugel hatte den Baum nur gestreift. Er ärgerte sich und schoß sofort noch einmal, diesmal war er auf den Rückstoß gefaßt und traf den Stamm in die Mitte, die Rinde war zerborsten, die Kugel hatte sich einen Kanal durchs Holz gebohrt. Tief befriedigt zielte und schoß er noch einmal und noch einmal, und die Wucht der Waffe, die Kraft, die er aufwenden mußte, die spürbare Wirkung, die den Baum brandmarkte, die Zeichen, die er hinterließ, unauslöschlich, der Hall der Schüsse, der ihn halb betäubte, das alles war besser als ein Rausch. Er lud sofort nach, er konnte etwas ausrichten, er hatte es in der Hand. In diesem Augenblick tauchte der Hund auf; er war offensichtlich vom Geräusch der Schüsse angezogen worden, vielleicht ein Jagdhund. Unvorsichtig und neugierig erschien er im linken, äußeren Rand von Richards Blickfeld und trabte geradewegs unter dessen Augen in schrägem Winkel auf ihn zu, als dieser, beide Hände an der Waffe, herumwirbelte, den Hund mit einem Blick erfaßte – wie er vertrauensvoll mit dem Schwanz wedelte, den Kopf hob und ihn ansah – und im gleichen Moment abdrückte. Er schoß, schoß auf das Lebewesen, ohne nachzudenken, ohne irgendeinen anderen Reflex als den des Tötenwollens, mit einer sinnlosen und unbegründeten Aufwallung von Wut und Zerstörungslust, schoß weiter, als das Tier schon längst am Boden lag, weil er glaubte, es zucken, seine Läufe sich bewegen zu sehen, weil er fürchtete, es könnte sich aufbäumen und ihm doch noch entkommen, weil er meinte, einen gurgelnden, verstümmelten Laut wie einen Hilfeschrei zu hören, den er sofort zunichte machen wollte, schoß die Trommel leer, drückte selbst dann noch ein paarmal ab und hielt erst inne, als er zu begreifen begann, daß keine Kugel sich mehr abfeuern lassen würde. Das Tier war von den kurz hintereinander treffenden Aufschlägen meterweit den abschüssigen Waldboden hinuntergerissen worden, Richard ging darauf zu und sah die Fleischteile, von denen das Fell abgefetzt war, Knochensplitter und Muskelfasern in einem Sprühregen aus Blut auf dem Laub ringsum; der Kopf des Hundes lag nach hinten verrissen, die Pupillen waren unter die Lider gerutscht, so daß die weißen Augäpfel Richard ansahen mit dem letzten Gruß eines Epileptikers. Der stand da mit hängenden Armen und vornübergeneigtem Oberkörper und starrte auf das, was gerade noch gelebt hatte, bückte sich und faßte auf das Fell, besah seine blutbeschmierte Handfläche. *Eine Aufgabe, um dich wachsen zu sehen.* Er begann von dort wegzugehen, sich die Hände am Laub, am Boden abzuwischen, vorantaumelnd, der Revolver fiel von ihm wie eine verdorrte Hand, ohne daß er es bemerkte, *eine Aufgabe, um dich wachsen zu sehen,* er hielt inne, weil ihm die Tränen übers Gesicht liefen, und dann, einem merkwürdigen, zwingenden Gedanken folgend, drehte er um, hastete die Strecke in der beginnenden Dämmerung zurück, stolpernd, strauchelnd und fallend zwischendurch, tastete, blind von Tränen, auf dem Waldboden in der einbrechenden Dunkelheit nach dem Kadaver, kniete vor dem Hund und nahm dessen Kopf in seine Hand, *ein mahnendes Angedenken, solange ich lebe.* Er war schwer und fühlte sich feucht an, und als Richard begann, daran zu ziehen und zu zerren, viel zu vorsichtig zuerst und von Schluchzen geschüttelt, konnte er nichts ausrichten, so daß er sich widerwillig aufrichten mußte und einen Fuß auf die Halswirbelsäule stellen, sie am Boden festhalten, und sich mit aller Kraft dagegen stemmen, dabei an dem Kopf mit ruckartigen Drehungen reißend, bis er schließlich das Messer zu Hilfe nahm; er wollte sich wegwenden, die Augen schließen, sich die Ohren zupressen, damit er es nicht hören müßte, das spröde Knacken, das schmatzende Geräusch, mit dem Sehnen, Fleisch und Knochen sich voneinander trennten, dann war der Kopf frei. Er zog seine Jacke aus und wickelte ihn darin ein und trug ihn den ganzen Weg vor sich her, die Monstranz des heiligen Hundehaupts, verhüllt vor Dunkelheit und Kälte.

Unterwegs kaufte er eine Flasche Whisky an einer Tankstelle, die zu einem Viertel schon geleert hatte, als er zu Hause ankam. Er wußte, der Gestank würde unerträglich werden. *Hundskopf, dein Zeichen, das Zeichen dieses Tages, behalte ich bei mir, bis zum Ende.* Kleine, wärmende Schlucke beim Aufstellen des Spaghettitopfes, das Wasser sprudelt, und er reißt alle Fenster sternhimmelweit auf, es wird nur ein paar Sekunden dauern, bis man es riechen kann, läßt den Kopf in das brodelnde Wasser gleiten, hat sich ein Tuch über Mund und Nase gebunden, der Gestank des gekochten Fleisches und Fells preßt ihn gegen die Wand, *Herr, hilf mir, mein Gesicht zu verbergen*, der Whisky ist eine Gnade, ohne ihn würde er erfrieren in der kalten Nachtluft, ohne ihn würde er ohnmächtig werden, *Herr der Hunde, du schickst mir einen Hauch des Fegefeuers, die Vorhölle deiner Gedanken.*

Nach einer Stunde war es vollendet. Er konnte den blanken Hundeschädel aus dem immer noch kochenden

Wasser ziehen, verbrühte sich die Hände dabei und spürte nichts, der Alkohol machte das Blut heiß, die Haut taub, mit einer Geschirrbürste bearbeitete er den Knochen, bis die letzten Reste von Sehnen weggekratzt waren, es reichte noch, den Inhalt des Topfes ins Klo zu schütten und den Schädel mit triumphaler Geste auf seinen Schreibtisch zu stellen, neben den Totenkopfaschenbecher, er versuchte sogar, sich eine Zigarette anzuzünden, brach dann aber in vollkommener, dunkler Betrunkenheit auf dem Fußboden unter dem Schreibtisch zusammen, die Zigarette versengte seine Finger, *Herr, deine Flammen züngeln nach mir, aber ich bin standhaft,* und blieb bewegungslos liegen bis zum Morgen.

Freitag

Früh saß er kaltgeduscht mit nassem Kopf und einer Tasse Kaffee auf dem Bettrand, betrachtete den gelblichweißen Hundeschädel, rauchte und überlegte. Wenn alles lief wie vorgesehen, mußte heute vormittag das Geld da sein. Spätestens morgen. Er rauchte langsam und ließ sich Zeit zum Überlegen.

Um 10.30 war er in der Turnerstraße und sah gerade noch den Briefträger um die Ecke biegen. Richard sprang aus dem Auto und in den Hausflur. Er konnte den Umschlag durch das Plexiglasfenster des Briefkastens sehen. Nahm ihn heraus, schlitzte ihn mit dem Schraubenzieher auf: zwanzig Scheine, zwanzig Fünfhunderter. Richard pfiff vor sich hin, während er das Klebeband mit dem Namen vom Briefkasten abzog und das Haus verließ, wobei er achtgab, daß ihn möglichst niemand zu Gesicht bekam.

Es war schwierig, eine Telefonzelle zu finden, von der aus er das Haus im Forstgrund im Auge behalten konnte, und erwies sich schließlich als unmöglich. Er mußte eine Kreuzung zwei Straßen später wählen, hatte sein Auto aber am Ende des Forstgrunds abgestellt, einer Sackgasse, dort mußte Morschwitz vorbeikommen. Er sah ihn in die Straße einbiegen, unverkennbar in seinem weißen Chevy, und gab ihm noch gute zehn Minuten, dann wählte er seine Nummer.

»Morschwitz.«

»Herr Morschwitz, Sie kennen mich nicht, und ich kann Ihnen meinen Namen aus einem Grund, den Sie gleich verstehen werden, nicht sagen. Jemand hat mich angeheuert, um Sie umzubringen.«

Er wartete auf die Reaktion. Ein Schnauben kam durch die Leitung, das beides sein konnte, Entrüstung über einen Scherz oder bloße Ungläubigkeit. Richard fuhr fort.

»Es ist eine Frau. Schätzungsweise Ende vierzig, Anfang fünfzig, Raucherstimme. Klingelts jetzt.«

Der Mann sagte ganz ruhig: »Können Sie das beweisen.«

»Warten Sie einen Moment.«

Richard holte den kleinen Walkman aus der Tasche und drückte die play-Taste. Er hatte die Stelle vorbereitet, an der die Frau ihn aufforderte, bis zum Ende zu gehen, dann spulte er vor bis dahin, wo sie Namen und Adresse durchgab.

»Und«, sagte Richard, »fällt der Groschen.«

»Ja«, sagte der Mann. »Ja.«

»Wollen Sie wissen, wieviel Sie ihr wert sind.«

Morschwitz legte sofort auf.

Er hat sich nicht einmal bedankt, das Schwein. Fast bereute Richard, ihn angerufen zu haben. Scheißkerl, blödes, verwichstes Arschloch. Er spurtete los und kam bei seinem Auto an, als er den anderen schon aus der Einfahrt rasen sah. Morschwitz hatte ein Höllentempo drauf, er mußte ziemlich wütend sein, wie Richard befriedigt feststellte. Er nahm die Autobahn Richtung Norden, wechselte auf den Ring 3 und bog bei Bergstedt in eine kleine Siedlung ein. Als Morschwitz klingelte, sah Richard kurz eine Frauengestalt am Fenster, dann verschwand der Mann im Haus. Richard pirschte zum Klingelschild: Angelika Morschwitz. Wahrscheinlich war sie seine Ex- oder Noch-Frau.

Richard fuhr in aller Ruhe nach Hause. Er malte sich aus, was zwischen den beiden gerade vorgehen mochte und verbrachte mehrere Stunden damit, das Tonband zu kopieren und anschließend eine Version zusammenzuschneiden, die außer seiner Stimme keine Rückschlüsse auf ihn zuließ und in der vor allem die Anzahlung nicht mehr vorkam. Ihr Wort stand im Notfall gegen seins, und niemand würde ihm je etwas beweisen können. Er hatte vor, das Band der Polizei zu schicken. Aber die Schneidearbeit war komplizierter, als er dachte, und fing an, ihm auf die Nerven zu gehen.

Am frühen Abend rief er die Auskunft an und verlangte die Nummer von Morschwitz, Angelika. Dann ließ er sich verbinden. Nachdem er ihre Stimme gehört hatte, legte er auf. Sie war es.

Sonja rief an, ob er mit ihr essen wolle. Er überlegte kurz und sagte zu. »Zum Teufel damit«, er packte den ganzen Tonbandkram zusammen und stopfte alles in den Müll.

Richard holte den Umschlag mit den zwanzig Scheinen aus der Anzugtasche, nahm sich einen davon und ging mit dem Rest in den Keller, wo er den Umschlag sorgfältig zwischen der Wand und der dicken Schallisolierung seines winzigen Übungsraums versteckte.

Er war ziemlich vergnügt.

Es war eines der wenigen Male in seinem Leben, daß er etwas getan hatte, was er nicht von sich erwartet hätte. Und er hoffte, er werde damit durchkommen.

Über die Berge gehen

Sie war zurückgekehrt in das Haus in den Bergen. Auf der Südseite hatte man das weite Panorama des Steinernen Meeres vor sich. An klaren Tagen konnte man die Spitze des Watzmannvaters erkennen.

Der Alte hatte sie vom Flughafen abgeholt und in seinem Jeep heraufgebracht. Sie mußte sich hinten auf die Ladefläche setzen, weil der Beifahrersitz herausmontiert war. Der Alte murmelte eine Entschuldigung; auf halber Fahrt, nach vorsichtigen Blicken in den Rückspiegel, sagte er plötzlich über die Schulter: »Man sieht es dir nicht an.« Er versuchte ein schüchternes Lachen.

Ihre Mutter war vor vier Jahren gestorben, seither hatte sie ihren Vater nur wenige Male gesehen, und ihr Verhältnis war noch sprachloser geworden. Obwohl es oft schien, als kümmerten sie sich nicht umeinander, liebten sie sich doch auf eine hartnäckige, widerstrebende Art, die durchzogen war von Schmerz. Als Karla eine Wohnung in Neapel bezogen hatte, in der es einen Kamin gab, war der Alte mit einer eigenhändig aus seinem Wald geschlagenen Ladung Holz über die Alpen bis in die laute Stadt gefahren, da es für ihn undenkbar war, daß seine Tochter sich gespaltenes Holz, abgefüllt von einem Fremden und womöglich in Plastiksäcken, kaufen müsse.

Nun war er enttäuscht, der Kamin war nicht robust, wie er ihn sich vorgestellt hatte. Eine Puppenstubenversion, degeneriert: ein Kamin mit Stuckeinfassung aus falschem Alabaster und einem messingnen Zierbesteck, das makellos in seinem Ständer glänzte und sicher nie benutzt worden war. Ein Kamin, um Briefe zu verbrennen,

Rechnungen, alte Zeitungsblätter, Fotos; ein Kamin, um Erinnerungen verglühen zu lassen. Nicht um darin die Prügel aufzuschichten, die ein Holzfäller aus dem Wald geholt hat. Sie hatte nicht vorgehabt, den Kamin jemals in Betrieb zu nehmen.

Karla mußte in ihrem Keller umräumen, um das Holz dort lagern zu können, es waren gut fünf Ster. Sogar einen Hackstock und eine Axt hatte er mitgebracht. Karla sah ihren Vater vor sich, wie sie ihn einmal als Kind beobachtet hatte, als er einen Hasen an den Ohren über den staubigen Hof schleifte. Er ging damit zum Schuppen, ohne sich umzudrehen, so daß Karla hinter ihm her huschen, und, das Gesicht an die nach Sonne riechenden Holzlatten gedrückt, durch die breiten Spalten jede Bewegung des Mannes erspähen konnte. Wie er das mit den Läufen stoßende Tier auf den Hackstock legte, an den Lauschern ziehend den Kopf zurechtrückte, so daß der Hals lang wurde, der Hase mit dem Gewicht seines Körpers sich dem Tod entgegenstreckte; wie er die Axt mit der Rechten in die Höhe schwang, die im Licht aufblitzte und Karla einen angstvollen Schrei ausstoßen ließ; wie er sich umsah mit roten Augen, das Kind entdeckte, das vor dem Schuppen kauerte, und es wegschrie.

Bei Karla steckte die Axt ungenutzt im Block, einmal klingelte die neue Nachbarin und fragte mißtrauisch nach dem Zweck des Werkzeugs, das sie durch die Gittertür des Kellers gesehen hatte. Was erwartete sie denn zu hören, was dachte sie, das Karla da trieb im Keller. Sie sprach mit der Frau, die wirkte beruhigt, sie trug Schuhe mit hohen Absätzen und hatte eine klare, nur auf den Wangen gerötete Haut, und als sie ging, blieb ein trostloses Gefühl. Kurze Zeit später wurde sie Karlas Geliebte, sie hatte sie ihrem Vater zu verdanken, das erfüllte sie mit Genugtuung.

Marion kam aus Bozen, arbeitete in einer Reinigung und behauptete, es sei ihr egal, womit sie Geld verdiene. Sie wußte nicht, was sie mit ihrem Leben anfangen sollte. Eine Weile war sie umhergereist, hatte sich Japan, Neuseeland, Australien angesehen und wartete nun darauf, daß etwas ihrem Leben eine Wendung gäbe; sie wollte eine Familie. Sie arbeitete daran, ohne es Karla zu sagen. Als sie schwanger wurde, konnte sie selbst kaum glauben, daß ihr das auf natürlichem Weg gelungen war; sie wußte nicht, wer der Vater war und wollte das Kind mit Karla großziehen. Sie saßen in Marions kleinem Wohnzimmer, und Karla starrte lange Zeit auf die nackte Tapete, während Marion auf eine Antwort wartete. »Müssen wir das jetzt entscheiden«, dachte Karla müde. Sie versuchte sich vorzustellen, was hinter ihrem Rücken vorgegangen war, über Wochen, Monate, ohne daß sie die geringste Ahnung davon gehabt hatte. Die Luft schien langsam aus dem Zimmer zu entweichen, sie saß inmitten eines Vakuums, unfähig zu sprechen.

Am nächsten Tag gab Karla ihre Wohnung auf, zog in ein anderes Viertel und sah das Haus, in dem sie Nachbarinnen gewesen waren, nie wieder. Das Holz, den Hackstock, die Axt ließ sie zurück. Im selben Jahr kündigte ihr die Firma, in der sie als Beraterin für Abwassertechniken arbeitete. Es traf sie nicht besonders, sie wußte, sie könnte leicht eine andere Stelle finden; sie mußte sich nur auf die Suche machen. Statt dessen ließ sie Wochen verstreichen, in denen sie in ihrer kahlen Wohnung saß, auf ihrer Matratze lag, um sich die nie endenden Geräusche der Stadt. Sie hatte sich ein Notizbuch zugelegt, um alle Fragen aufzuschreiben, die ihr einfallen würden. Sie wollte herausfinden, warum alles so gekommen war. Es mußte einen Grund dafür geben. Aber die Seiten blieben leer. Schließlich packte sie eine Tasche und flog zurück über die Alpen.

Das Altern ihres Vaters zu sehen erschreckte sie. Seine Haare waren ganz weiß geworden, er färbte sie nicht mehr, wie er es früher manchmal ungeschickt selber getan hatte, so daß merkwürdige Streifen in seinem Haar geblieben waren wie von brauner Schuhcreme. Die weiße Mähne stand ihm gut, aber dagegen wirkte seine Haut noch zarter und empfindlicher; man konnte nicht glauben, daß er ein Mann war, der zeit seines Lebens im Freien gearbeitet hatte. Karla saß auf den Stufen der Terrasse und sah zu, wie der Alte die Blumen sprengte. An seinen muskulösen Beinen wurde die Haut mürbe, feine rote Adern schimmerten an manchen Stellen. Der Alte schlug Karla vor, hierzubleiben. Karla fragte, »wovon soll ich leben.« Der Alte gab keine Antwort, er hatte es immer mißbilligt, daß seine Tochter weggezogen war; sie hätte die Bauschreinerei übernehmen sollen, dann wäre alles anders, besser gekommen. Das war seine feste Überzeugung, auch wenn er nicht mehr darüber sprach. Dann hätte er wahrscheinlich auch schon einen Enkel. So aber blickte er in eine leere Zukunft, wenn er seine Tochter ansah. Karla dachte, er wisse von nichts. Ein paarmal setzte sie an, ihm zu sagen, was passiert war, dann unterdrückte sie den Wunsch.

Beim Essen saßen sie schweigend nebeneinander. Sie waren wie Tiere, mit ihren mahlenden Kiefern, der Alte machte laute Geräusche beim Kauen. Karla wandte den Kopf weg, die Berge waren stumme Beobachter.

Das Alleinsein empfand sie als tröstlich. Scheinbar war hier alles an seinem Platz. Der Hügel gegenüber hatte einen sehr geraden Rücken, auf dem eine alte Eiche ihre riesige Krone verzweigte, daneben eine weißgekalkte Kapelle; der Suderbauer mähte in gekrümmten Linien seine Felder auf dem Hügel.

Ihre Mutter war in diesem Zimmer gestorben, in dem sie nun jeden Morgen aufwachte, mit Blick auf das Kreuz; sie war einfach eingeschlafen. Ein wünschenswerter Tod vielleicht, aber Karla empfand ihn als Betrug, so wie sie auch das Leben ihrer Mutter als Betrug empfunden hatte. Es war durchsetzt von Angst gewesen, Angst vor jeder Handlung, jeder Entscheidung, der eine Veränderung folgen könnte; ein Leben, das dahingebracht werden mußte, weil es nun einmal angefangen hatte; ein Leben, das sich bemühte, kein Aufsehen zu erregen und möglichst wenig Steine loszutreten; und sie starb schlafend, als hätte sie ihr barbituratbetäubtes Dasein einfach in den Todestraum hinein fortgesetzt.

Beim Herumstöbern fand sie den Revolver, der früher ihrer Mutter gehört hatte, in dem Nachtkästchen neben ihrem Bett. Der Vater hatte dort eine Fotografie der Toten aufgestellt, die sie als junge Frau mit dem Kind auf dem Arm zeigte. Ihre Augen blickten wach, wie Karla sie später kaum mehr gesehen hatte. Sie nahm den Revolver und wog ihn auf der Handfläche. Dann legte sie ihn zurück und schloß die Schublade nachdenklich.

Ihr Vater blieb nachts in der Werkstatt im Tal. Mit der Dunkelheit senkte sich eine Stille über die Gegend, die ihr unwirklich vorkam. Eine Stille, die in einer Stadt wie Neapel den Tod bedeutet hätte. Sie hatte keine Angst, obwohl das Haus ganz allein auf dem Hügel stand und sie nicht einmal die Lichter eines anderen Anwesens sehen konnte, nur hin und wieder die Scheinwerfer eines einzelnen Autos, das die entfernt gegenüberliegende Anhöhe hinauffuhr. Die Geräusche aber trugen in der Nacht weit; wenn etwas passierte, wäre der Schall bis ins Tal und auf die Nachbarhügel, bis in die Wälder und hinunter zum Fluß zu hören.

»Du mußt mir zeigen, wie der Revolver funktioniert«, sagte sie am nächsten Tag beim Abendessen zu ihrem Vater.

Der Alte hob den Kopf und fixierte sie einen Moment, dann aß er ruhig weiter. Karla wunderte sich; als sie noch ein Kind war, war der Vater ganz versessen darauf, ihr das Schießen beizubringen, jetzt schien er jedes Interesse daran verloren zu haben. Jede Hoffnung, seine Tochter würde so werden wie er, aufgegeben.

Karla lächelte. »Bitte Pa,« sagte sie, es war Ewigkeiten her, daß sie diese Anrede gebraucht hatte. »Bitte zeig es mir.«

Wieder hob der Alte den Kopf, sein Blick war gleichgültig.

Dann rang er sich zu einem Wort durch: »Warum.«

Karla überlegte kurz. »Wenn eine Waffe im Haus ist, muß man wissen, wie man sie gebraucht.«

Der Alte sah auf den Tisch nieder und schüttelte den Kopf. Dann ging er hinaus und machte sich hinter dem Haus zu schaffen.

Karla setzte sich auf die Stufen der Terrasse, eine Zigarette in der Hand, und wartete darauf, daß sich ihr ein Ausweg zeigte. Marion und das Kind, das sie von einem Unbekannten erwartete, waren weit weg und schienen nie zu ihrem Leben gehört zu haben.

Sie war von hier weggegangen, über die Berge, weil sie irgendwohin wollte, wo sie niemanden kannte und wo keiner sie kannte. Die Berge wiederzusehen war kein Trost. Trotzdem hatte Karla ein Gefühl der Vertrautheit für sie behalten. Dasselbe Gefühl des Schmerzes, das sie für ihren Vater hatte. Er hatte sie gezwungen, mit ihm auf den Gletscher zu gehen, sie war vierzehn. Ein März-tag, an dem die Sonne das Eis bis in den späten Nach-mittag überbrühte. Als sie in der Dämmerung die Hütte erreichten und Karla in den Spiegel sah, erkannte sie sich nicht mehr. Der Vater blieb stumm, er gab an, nichts gemerkt zu haben. Niemand hatte etwas gemerkt. Sie konnte ihre Haut nicht berühren. Sie stiegen ab am näch-sten Morgen, ihr Gesicht bedeckt mit brandigen braunen Blasen, die Entgegenkommenden zuckten zusammen bei ihrem Anblick. Zwei Wochen Bettruhe, die Ärzte spra-chen von unheilbaren Verbrennungen, sie sei für immer gezeichnet. Ihr Gesicht glühte unter der Maske aus Gels, die Flüssigkeit aus den Brandwunden rann ihren Hals hinunter, manchmal schmeckte sie etwas Salziges zwi-schen den Lippen. Sie behielten nicht recht, langsam, ganz langsam heilten die Wunden, fiel der Schorf ab, und darunter wuchs, wenn auch dünn und gläsern, hellrote Haut. Ihre Mutter dankte kniend der Madonna; Karla aber klagte ihren Vater an, im stillen.

»Man sieht es dir nicht an«, das war der Satz, den ihre Mutter nach diesem Unglück geprägt hatte, der einfachste und gleichzeitig besondere Satz, den sie zueinander sagen konnten; Zuspruch und Aufmunterung und höchstes Lob zugleich, als verberge sich ein Verdienst dahinter, und über allem Mahnung an jenes Mal, das vorüberge-gangen war.

Dann stand der Alte auf einmal vor ihr, etwas Glänzendes in der Hand. Er stützte sein Greisenbein neben Karla auf die Stufe, blickte sie an, klappte die Trommel zur Seite, wobei er sie immer noch musterte, und schüttete die Patronen in seine Handfläche. Er rollte sie hin und her, so daß sie gegeneinander klackten, und steckte sie in die Hosentasche. Dann ließ er die Trommel einrasten und hielt Karla die Waffe mit dem Griff entgegen. Er erklärte ihr, wie sie nach jedem Schuß den Hahn neu spannen müsse. Karla zielte auf die Fichten am Rand der Lichtung, der Abzug leistete größeren Widerstand, als sie erwartet hatte; sie nahm den Revolver in beide Hände und drückte ab. Sie zielte und schoß trocken den ganzen Abend, der Alte saß dabei, ohne Fragen zu stellen. Sie lernte, die Waffe mit der Rechten zu halten, während die Linke unmittelbar nach jedem Schuß den Hahn nach unten schlug, es gehörten sehr viel Kraft und Konzentration dazu.

»Einen Menschen kannst du damit nicht töten«, sagte der Alte schließlich in Karlas verbissene Übungen hinein. »Dazu sind die Patronen zu kleinkalibrig.« Er machte eine Pause. »Vielleicht, wenn du aus kurzer Entfernung genau ins Herz triffst.«

Karla wartete. »Das traust du mir nicht zu.«

Der Alte zuckte die Schultern.

Karla sagte, »und wenn ich in den Kopf schieße, zwischen die Augen zum Beispiel, töte ich ihn dann.«

Der Alte zögerte, nickte.

Sie saßen nebeneinander auf den Terrassenstufen, ohne etwas zu sagen, allmählich wurde es dämmrig.

»Du kannst es dir nicht vorstellen«, sagte der Alte endlich, »du kannst es dir nicht vorstellen.«

»Was«, sagte Karla.

»Die Befreiung«, sagte er.

Er schob seine Linke in die Hosentasche, holte die Patronen hervor und ließ sie nacheinander in die Fächer gleiten. Dann stand er auf, stieg eine Stufe zur Terrasse hinauf. Karla dachte, er bringe die Waffe zurück ins Haus. Sie spürte eine leichte Berührung in ihrem Rükken, die Hand des Alten, die sie beinahe zärtlich streifte. Als sie sich umdrehte, war es zu spät, um den Blitz wahrzunehmen. Sie wurde vom Knall überrascht, dem aufspritzenden Sand, ihrem eigenen Zusammenzucken. Die Kugel hatte sich einen knappen halben Meter vor ihr in die Erde gebohrt.

»Du wirst es nie tun,« sagte der Alte. Sie fragte ihn nicht, was er damit meinte. Sie wollte ihm gerne eine Schuld geben. Sie mußte irgend etwas ändern.

Ich will, daß man es mir ansieht, dachte Karla. Ich will, daß man mir alles ansieht.

Agnes

I.

Meine Tante Agnes kam, lachte ihr grundloses Lachen, und kaum war ich ihr entgegengehüpft, hatte sie schon eines der kleinen Parfümfläschchen, die sie sich als Warenprobe in der Drogerie schenken zu lassen pflegte, aufgeschraubt, und mich, indem sie spitz »Hu, Hu« schrie, das Fläschchen am Hals auf und nieder schüttelnd wie eine Flasche Spumante, mit dem gelben Inhalt bespritzt.

Hu, hu, heute gehen wir aufs Volksfest.

Ich nicht, sagte ich.

Agnes ist klein und dick wie ein prall ausgestopfter Teddybär, meine Großmutter nennt sie drall; ich gehe jeden Sommer mit ihr schwimmen, und jeden Sommer wird ihre Haut dunkler und faltiger, sie liebt die Sonne und nimmt an, das sei auch umgekehrt der Fall; sogar im Winter bleibt ihre Haut braun, und das einzige, was hell und weiß wird, ist ihr Haaransatz, denn in den Wintermonaten, sagt sie, lohne sich das Färben nicht, weil sie nicht unter die Menschen gehen mag. Ganz früher waren ihre Haare von einem satten, kräftigen Blond, das einen blenden konnte wie frischpoliertes Messing, wenn die Sonne darauf scheint. Ich habe sie auf Fotos gesehen.

Agnes braucht fröhliche Dinge um sich herum. Sie trägt einen bohnengrünen Rock, und Schuhe in türkis und einen orangen Pullover, im Ausschnitt auf der verbrannten Haut eine lila leuchtende Kette. Meine Großmutter schimpft hinter ihr her »scheckiger Hund, scheckiger«, und wenn Agnes sich, ins Rückgrat getroffen, umdreht, befiehlt sie, »zieh die lauten Farben aus, das Schreien weckt ja Tote auf«; dann lacht Agnes ihr entschuldigendes Lachen in sich hinein und sagt zu sich selber, »ich aber mag es munter«. Auf der Beerdigung meiner Großmutter stand sie zwischen den Trauergästen in ihrem Lieblingsmantel aus zinnoberroter Wolle mit dottergelben Aufschlägen. Sie hatte sich die Haare gefärbt, die ein wenig ins Orange verrutscht waren, trug eine viel zu große, eckig-braune Sonnenbrille, und wrang, an der Stirnseite des Grabes stehend, ihre Hände um eine Handtasche aus weißem Plastik-Kroko-Imitat, in die man aber nichts mehr hineintun konnte, weil der Boden einen Sprung hatte. Sie hielt den Handtaschengriff auf Bauchhöhe, die Arme angewinkelt, als ob es der Bügel eines Kinderwagens wäre. »Ich schaffe es nicht,« sagte sie später an dem Tag zu mir, erschöpft und soweit in sich zurückgesunken, daß sie wie versteinert wirkte, »ich schaffe es nicht, meine Farben sind nicht laut genug. Sie wacht nicht mehr auf.« Der dünne rote Lack, den sie sonst mit Stolz pflegte, war abgesplittert und bildete Miniaturlandkarten auf ihren Fingernägeln.

Agnes war nicht wirklich meine Tante, sondern meine Großtante, eine der fünf Schwestern meiner Großmutter, und für mich war es praktisch, sie Tante zu nennen. Aber aus irgendeinem Grund, das fiel mir erst viel später auf, sprachen alle von ihr als von der Tante Agnes.

Das Schönste an ihr waren ihre Augen und ihr Lachen. Ihre Augen waren blau und so hell, als seien sie mit Wasserfarbe gemalt.

II.

Meine Tante Agnes kam, lachte ihr grundloses Lachen, und kaum war ich ihr entgegengehüpft, hatte sie schon eines der kleinen Parfümfläschchen, die sie sich als Warenprobe in der Drogerie schenken zu lassen pflegte, aufgeschraubt, und mich, indem sie spitz »Hu, Hu« schrie, das Fläschchen am Hals schüttelnd wie eine Flasche Spumante, mit dem gelben Inhalt bespritzt.

Hu, Hu, heute gehen wir aufs Volksfest.

Ich nicht, sagte ich.

Meine Großmutter kam dazu. »Du gehst mit. Du mußt mitgehen. Geh mit.«

Ich wollte ihnen sagen, daß ich Angst hatte, aber das ging natürlich nicht.

Die Großmutter, bei der ich aufwuchs, war durch eine Gehbehinderung menschenscheu geworden. Sie trug lange Röcke, die ihr immer bandagiertes Bein verdecken und ihr Hinken unauffälliger machen sollten. Seit Jahren verließ sie Haus und Garten nur noch, wenn es unumgänglich war, das heißt, wenn sie zum Arzt mußte oder ein Besuch im Altersheim, im Krankenhaus oder auf dem Friedhof anstand. Sie legte sie möglichst alle auf einen Tag, damit anschließend eine Weile Ruhe wäre, fing früh beim Arzt an, endete am Grab ihres Mannes und nannte es »die Runde machen«. Den Winter über ging sie manchmal selber einkaufen, frühmorgens und abends in der Dämmerung, wobei sie hin und wieder einen Abstecher in die Früh- oder Spätmesse machte, aber seit ich bei ihr wohnte, wurden auch diese Gänge seltener, und bald fielen alle Arten von Besorgungen in meinen Aufgabenbereich, was für mich, da ich schüchtern war und außerdem meist für einen Jungen gehalten wurde, eine ständige Quelle von Furcht und peinlichen Erlebnissen war. Das letzte Mal, als die Verkäuferin in Aschobers Wäschegeschäft mich herablassend fragte, »na, junger Mann, was darfs denn sein«, und ich hastig antwortete »einen Strapsgurt, Größe 52, fleischfarben«, ließ sie mich einfach stehen, ein erniedrigendes Grinsen im Gesicht.

Meine Großmutter jedenfalls würde keinen Schritt außer Haus machen, schon gar nicht, um meine Tante Agnes auf das Volksfest zu begleiten.

Sie sagte über Agnes, »sie ist krank, sie ist so krank«, und rieb sich dabei mit den Fingern über die Stirn, um den schmerzenden Gedanken fortzuwischen. Die Stirn wurde rot, aber der Schmerz ging nicht weg. Manchmal begann meine Großmutter noch einen zweiten Satz, »damals, wie sie noch in Haar war«, und ich war sieben oder acht Jahre alt und fragte »was ist Haar«, aber meine Großmutter wiederholte nur kopfschüttelnd und gebetsmühlenartig »Haar, Haar, Haar halt«, und so stellte ich mir eine Zeitlang einen merkwürdigen Ort vor, an dem lauter Friseure lebten, und glaubte, meine Tante Agnes habe deshalb diese komische orange Haarfarbe, die weiß nachwuchs, so daß sie bisweilen zweifarbig wie ein Streifenhörnchen durch die Gegend lief, oben ein paar Zentimeter weiß, der Rest bis zu den Schultern orange, weil dies das mißratene Experiment eines Friseurwettbewerbs in eben jenem Haar war, bei dem meine Tante als sogenanntes Modell gedient hatte. Den Satz, »damals, wie sie noch in Haar war«, beendete meine Großmutter nie, so daß ich nie erfuhr, ob es insgesamt damals in Haar besser oder schlechter gewesen war für meine Tante Agnes.

Einmal aber gestand meine Großmutter auf mein drängendes Nachfragen widerwillig und verlegen, daß Agnes dort als Krankenschwester gearbeitet habe. Zwar mißtraute ich dieser Version, dennoch ließ sie mir den Friseurbesuch in einem völlig neuen Licht erscheinen, denn es wurde mir klar, daß es sich um ein wahrhaft blutiges Handwerk handelte, und der Haunersche Frisiersalon, den ich selber von Zeit zu Zeit aufsuchen mußte, und dem ich bisher unverletzt, wenn auch nicht immer glücklich entronnen war, nur ein gezähmter und harmloser Ableger jenes Trainings- und Ausbildungslagers in dem furchtbaren Haar war.

Meine Ansicht wurde dadurch bestätigt, daß zu jener Zeit die Großmutter meine Haare mit einer Brennschere zu traktieren pflegte, mit der sie mir des öfteren ganze Büschel versengte, bis meine Tante Katti ihrem Tun mit der Bemerkung ein Ende setzte, wenn sie so weitermachte, würde sie auch in Haar enden.

Meine Großmutter sagte auch, die Türen dort hätten keine Klinken gehabt. Das allerdings hielt ich für eine Übertreibung, wenn nicht für eine Lüge, deren Sinn ich aber nicht erraten konnte. Und obwohl ich ihr nicht glaubte und auf die Frage, »warum, warum haben die Türen keine Klinken«, keine Antwort bekam, nur ein stummes In-die-Luft-Stieren, bewunderte ich meine Großmutter beinahe dafür, daß sie diese Geschichten erfinden konnte, von denen sie kein Jota abwich, auch wenn ich die dadurch tiefgepflanzte Angst, die sich regte, sobald mir ein Besuch im Haunerschen Frisiersalon als notwendig angekündigt wurde, nicht mehr loswerden konnte. Schon Tage vorher sah ich Herrn Hauner vor mir, wie er in seinem weißen Kittel, mit einem harmlos

aufmunternden Lächeln im rosigen Gesicht, die Tür öffnete, einem Lächeln, das ich nie mehr anders als ein ver-
räterisches betrachten konnte, und eine Tür, durch die
ich nie mehr gehen konnte, ohne verstohlen an ihre Klinke
zu fassen, die so alt und abgenutzt war, daß sie sich kaum
noch bewegen ließ und traurig schief nach unten hing.
Bei jedem Besuch erwartete ich, sie, die nutzlos Gewor-
dene, gar nicht mehr vorzufinden, und diese Befürchtung
und mein Sträuben gegen den Haunerbesuch steigerten
sich ins Panische, in körperliche Angriffe gegen jeden,
der mich dort hinbringen sollte, seit Herr Hauner in seinem Schaufenster ein Schild hängen hatte: »*Modelle gesucht.*«

Meine Tante Agnes wohnte, nachdem es ihr geglückt
war, aus Haar zu entkommen, in einem aufgelassenen
Bauernhof am Rande eines Sees, zusammen mit einer der
anderen Schwestern, die um einiges älter war als Agnes
und für sie sorgte. Diese Tante Katti ruderte drei-, viermal die Woche im Morgengrauen mit ihrem Holzkahn
die Reusen ab, die sie am Abend vorher ausgelegt hatte,
brachte Aale, Welse und Zander mit nach Hause, denen
sie auf dem Boden des Spülbeckens einen Hammer auf
den Kopf schlug, um ihnen anschließend die Eingeweide
zu entreißen. Wenn sie Fleisch essen wollten, ging Katti
zu den Hasenställen hinter dem Haus und schleifte eines
der Tiere an seinen Ohren aus dem Stall hinüber zum
Schuppen, auf einen Holzblock, wo statt eines Hammers
eine Axt zum Einsatz kam. Auf der fruchtbaren, satten
Erde pflegten sie außerdem einen Gemüsegarten sowie
zwei Nuß- und mehrere Obstbäume und waren deshalb
beinahe autark, nur Milch und Eier holten sie beim be-

nachbarten Bauern, wo ein verkrüppeltes, mehr als zehnjähriges Kind bleichgesichtig und unfähig zu sprechen rücklings auf dem Diwan lag. Meine Tante Agnes ging nur selten dorthin, und wenn, betrat sie keinesfalls die Stube, sondern wartete an der Schwelle, mit verschlossenem Gesicht das Wesen ignorierend, das Plastiktüten mit steifen Fingern zerriß und dabei Laute von sich gab, ähnlich einem Hund, der nicht zu bellen wagt.

Dann kam es vor, daß Agnes den ganzen Tag ihr Zimmer nicht verließ, ja sogar mehrere Tage die Läden zugeklappt, die Fenster geschlossen, die Vorhänge zugezogen und die Tür abgesperrt hielt, und, da sie einen Nachttopf unter ihrem Bett hatte, nicht einmal aufs Wasserklo ging. Manchmal schlich ich mich in solchen Zeiten die Stiege zu ihrer Tür hinauf, um dort, an die Türkassetten gelehnt, zu lauschen. Aber vergeblich. Nie war auch nur die kleinste Bewegung, kein Atmen, keine Schritte und auch nicht das Sichumdrehen einer Schlafenden zu hören. Nichts. An solchen Tagen saß meine Tante Katti gewöhnlich in der Wohnstube und sah sich stundenlang die Alben an, die sie über ihre Wallfahrten zusammengestellt hatte; Lourdes, Assisi, Medjugorje, Jerusalem. In den Alben befanden sich keine Fotos, denn einen Fotoapparat besaß Katti nicht, sondern Postkarten. Tante Katti saß also in der Stube und sah die Postkartenwallfahrtsalben an und hörte Schlager dazu, und später ging sie hinunter zum See und stand mit hochgeschürztem Rock und blauen Beinen im seichten Wasser, auch das stundenlang. Dann hörte man auf einmal Agnes die Tür ihres Zimmers öffnen, und sie kam mit angestrengten Augen die Treppen herunter und schaute uns kaum an und sagte »Nein, es geistert wieder so.« Wenn sie die Zimmertür

aufmachte, kam ein Geruch von altem Puder und einge-
schlossenem Sonnenlicht heraus.

III.

»Agnes, warum ist der See so blau.«
»Weil der Himmel sich darin spiegelt.«

Agnes lacht. Ihr Lachen, das einfach so zu ihr kommt,
ohne daß ein anderer einen Grund dafür erkennen kann,
ist oft nichts anderes als das Wort »nein«, das sie »naa«
ausspricht, das einzige Wort, das sie gebrauchen kann,
wenn sie sich freut oder wundert oder staunt oder auf-
regt, und das sie dann in einzelne Silben zerlegt und zer-
dehnt, die sie wiederholt, so daß es klingt wie nahahaha
nahahaha; und das, wenn sie unter besonderem Freude-
oder Erstaunensdruck steht, umschlägt in das abruptere
und abgehacktere Huhu. Das Silbenzerdehnen wird be-
gleitet von heftigen Luftstößen aus Agnes' Brustkorb,
eruptiv und ekstatisch beinahe, ihr ganzer Oberkörper
wird von diesen rhythmischen Stößen erfaßt und hin-
und hergeschüttelt, und am Ende passiert es manchmal,
daß ihr Nahahaha klingt wie ein ungebärdiger Klageruf,
der durch einen schmerzenden und gleichzeitig zum
Lachen reizenden Schluckauf unterbrochen wird.

IV.

Sie kommt, lacht ihr grundloses Lachen und bespritzt
mich aus einer kleinen Parfümflasche mit dem gelben,
übelriechenden Inhalt. Hu, hu, heute gehen wir aufs
Volksfest. Meine Angst. Und die Großmutter stößt mich

an, unnachgiebig, sie kann harte Fäuste haben, meine Großmutter stößt mir eine harte Faust in die Rippen und zischt »Geh mit. Paß auf, paß auf, daß nichts passiert.« Ich sah meine Großmutter flehend an, aber die trug dicke Brillengläser und sah manchmal trotzdem nichts.

Ich wollte ihnen sagen, daß ich Angst habe. Ich habe Angst, weil ich nicht schnell und geschickt bin wie die anderen Kinder, ich kenne mich nicht aus mit den Spielen, den Waffen, dem Autoscooter, ich stolpere oft und mache Dinge falsch, Dinge, über die die anderen dann lachen. Ich mußte einmal die Nachbarin zu Hilfe holen, weil ich es nicht fertigbrachte, den Schlüssel aus dem Haustürschloß zu ziehen, ich hatte die Tür abgeschlossen, derart, daß sich der Schlüssel im Zylinder verhakt hatte, ein Schlüssel, der sonst ins Schloß ging wie das Messer in die weiche Butter, ein andermal war ich auf der Geburtstagsparty einer Mitschülerin und vergaß, den Deckel von der Toilette hochzuklappen; der Deckel war mit einem hellblauen Stoff bezogen, der vorher ziemlich vornehm ausgesehen haben mußte. Wie kann man so was vergessen, ich weiß nicht, meine Großmutter hatte mir eingeschärft, auf fremden Toiletten immer im Stehen zu pinkeln.

Später, in einem Jahr, in dem meine Großmutter schon gestorben sein würde, würde Agnes zu mir kommen, nach einem Arztbesuch in der Stadt. Ich würde ihr die Tür aufmachen und sie würde lange nicht reden wollen, und nicht auf meine Fragen antworten und sich in die Ecke der Stubenbank flüchten, in das hinterste Eck hinein, von wo sie ihr nervöses Lachen und ihre verstörten

Augen herausschickte und den einen Satz, »zwingts mich nimmer da rein, nimmer da rein.«

Wir würden lange so dasitzen und schweigen, und dann würde es dämmerig werden in der Stube, und in dem schwächer werdenden Licht würde Agnes vorsichtig meine Hand nehmen und auf eine Stelle an ihrem Oberschenkel legen, und ich würde etwas Dickes, Erhabenes spüren.

Ich würde ihren Rock beiseite schieben, und den Verband sehen können, eine weiße, quadratische Mullpresse, durch die an ein paar Stellen Blut gesickert wäre. Ich würde Agnes fragen, was sie ihr herausgeschnitten hätten, und sie würde antworten, einen Fleck, und daß sie wiederkommen müsse, und dann würden sie mehr herausschneiden, und dann müsse sie dableiben, weil sie Strahlen bekäme.

Wir würden so lange schweigen, bis es ganz finster wäre, und in der Dunkelheit würde Agnes' Stimme flüstern, »sie wollen mich wieder einsperren«. Und dann, noch leiser, »hüf ma, hüf ma«.

Noch später, in einem Jahr, in dem auch Agnes gestorben sein wird, finde ich in einer der hinterlassenen Schuhschachteln meiner Großmutter, die mit Fotografien vollgestopft ist, eine rätselhafte Aufnahme: sie zeigt den Körper eines Kindes auf einer Bahre oder einer Trage, es könnte auch ein offener Sarg sein, das ist nicht genau zu erkennen, denn der Körper ist umwuchert von Blumensträußen und -kränzen und -gestecken. Seine Größe ist nur zu schätzen, aber es ist in jedem Fall ein kleines Kind, höchstens ein Jahr alt, vermutlich sogar nur ein paar Wochen oder Monate. Es ist in ein weißes Gewand gehüllt, sogar regelrecht darin eingewickelt, man sieht weder Hände noch Füße, und um den Kopf ist ein breiter weißer Verband gebunden, über den man einen Blumenkranz gelegt hat. Die Gesichtszüge des Kindes sehen aus, als seien sie nicht an ihrem richtigen Platz. Auf der Rückseite des Fotos steht mit Bleistift »A.s Kind« und eine Jahreszahl mit einem Totenkreuz.

Ich ging mit dem Foto zu den betagten Verwandten, bittend und voller Erwartung. Manche nahmen es in die Hand, sahen lange darauf und schwiegen. Andere sahen es nicht an und schwiegen auch. Manche weinten. Alte Frauen. Alte Frauen trockneten ihre Tränen ab. Wieder andere schüttelten den Kopf und sahen in die Ferne, und eine sagte: »Jaja, die Agnes hat ein Kind gehabt, hast du das nicht gewußt?«

Ich schickte sogar einen Brief nach Südamerika mit einer Kopie des Fotos und einem Fragezeichen auf der Rückseite, und vor dem Fragezeichen stand, »was ist passiert«. Ich bekam eine Antwort, in der es hieß, meine dritte, inzwischen über 80jährige Großtante sei erblindet, man hätte ihr den Brief vorlesen und das Foto beschreiben müssen; sie lasse mir ausrichten, ich solle nie so weit fort auswandern, der Mann würde irgendwann vergessen, was man aus Liebe auf sich genommen habe, und auf einmal sei es zu spät, um die Heimat, sie sagte Heimat, wiedersehen zu können. Nachsatz: ob ich ihr eine Dose Nivea-Creme schicken könne.

V.

»Agnes, warum ist der See so blau.«
»Weil der Himmel sich darin spiegelt.«
»Und warum ist der Himmel so blau.«
»Weil deine Augen ihn so sehen.«

Ich wollte ihnen sagen, daß ich Angst hatte, aber das ging natürlich nicht. Wir warteten, bis die Dämmerung kam, wir warteten, bis wir die Musik und die Ansagen in Bruchstücken aufschnappen konnten, es wurde dunkel und es war kalt, und wir warteten, bis wir den oberen Teil des Riesenrades über den Baumkronen sich drehen sahen, die das jenseitige Flußufer begrenzten, hinter dem die Festwiese lag.

Agnes lacht, und ihr Lachen führt uns zur Zuckerwatte. Sie drückt mir einen Stab in die Hand, der in einer Wolke steckt; die klebt und zieht Fäden, Agnes hat ihr Gesicht in eine eigene Wolke versenkt und grinst mich mit gesprungenen Lippen an, in denen Krümel von hellrotem Lippenstift hängen. Ich mag keine Zuckerwatte, ich kann es Agnes nicht sagen, sie hat für diesen Tag gespart und ist stolz, daß sie mir was spendieren kann. Sie lacht und lacht, und ich esse alles auf.

Am Schießstand bleibt sie lange stehen. Vor den gefärbten Federn, falschen Blumen, Schlüsselanhängern, Stofftieren, Maskottchen und Plastikpuppen. Sie ist vernarrt in sie, wie sie sich von den billigen Ketten, Broschen und Ringen verzücken läßt, die mit einer goldglänzenden Messingschicht überzogen sind und in deren Fassungen dicke, buntglühende Steine hocken, und sie kauft sie oder gewinnt sie, um sich hinterher an die Herkunft jedes einzelnen Schmuckstücks genau zu erinnern, seine Geschichte zu erzählen und zu beteuern, es sei ganz und gar und durch und durch echt und, noch dazu, unglaublich günstig gewesen. Drei Ringe, Neunneunundneunzig. So ein Glück habe sie wieder einmal gehabt.

Agnes kann auf französisch zählen, und sie tut es gern und ausgiebig, und da steht sie vor der Schießbude und zählt fröhlich »ön dö troa«, so daß ein zielender Schütze irritiert über die Schulter blickt; er lacht, als er Agnes stehen sieht und ihre orange-weißen Haare und ihren zerkrümelten Mund; dann schießt er eine rote Kunstrose und schenkt sie ihr, die vor Freude auch rot wird und lacht und »Huhu huhu« ruft, die Rose schwenkend.

Und dann kommen wir zum Round up. Das Round up ist die Attraktion auf dem Festplatz. Es besteht aus einer Scheibe, etwa zwölf Meter im Durchmesser, deren Rand von einem gut zwei Meter hohen Gitter umgeben ist, an dem entlang sich die Mitfahrer in kurzem Abstand nebeneinander aufstellen, den Rücken zum Gitter, voneinander getrennt durch länglich daran befestigte Haltegriffe und darüber hinaus durch nichts gesichert. Die Scheibe wird in immer schneller werdende Umdrehungen versetzt und dabei allmählich in die Vertikale gekippt, so daß nur das Gitter in ihrem Rücken die Passagiere davor bewahrt, von dem gewaltigen Arm der Fliehkraft weit nach draußen geschleudert zu werden, und an dem jeweils höchsten Punkt befinden sie sich sogar ganz und gar in der Waagerechten und betrachten die Stadt sekundenlang aus der Bauchlage.

Sei es, daß dies die besondere Anziehung des Round up ist, überall, sei es, daß nur dieser eine Besitzer etwas womöglich Verbotenes tut, bei jeder neuen Fahrt wird die Scheibe, sobald sie sich in der Senkrechten befindet, langsamer, und kommt schließlich für einige Sekunden völlig zum Stillstand, genau so lange, bis die Fliehkraft wirkungslos zu werden und die Schwere der Erde an den Fahrgästen zu ziehen beginnt; wer sich nun in der oberen Hälfte befindet, bricht in hysterische Schreie aus, ob aus Angst, aus Erregung, aus Entzücken oder aus einem Gemisch aller drei Gefühle, ist von unten nicht auszumachen; hin und wieder läßt einer der jungen Männer die Haltegriffe los und trudelt senkrecht über die Scheibe nach unten, wo er mit blaßrotem Gesicht auf dem Gitter aufschlägt, bejubelt von seinen Kumpels, die von unten zusehen, wie wir, die Köpfe im Nacken, die Lippen an der Zuckerwatte, von unten sieht alles ganz leicht und schwerelos und vergnügt aus, von unten winken Röcke und lange Haare, von unten gibt es verformte und aufgerissen wache Gesichter, von unten ist Agnes begeistert. »So viele Leute, so viel Lärm, so laut, so hoch hinauf.«

Wir standen nebeneinander, die ersten Runden waren harmlos. Agnes lachte, ihre orange-weißen Haare wehten, dann stellte sich die Scheibe langsam auf und wir begannen die Kraft zu spüren, die uns nach außen preßte. Ich bekam Angst, als ich merkte, daß meine eigenen Kräfte verglichen mit denen des Round up verschwindend gering waren, daß das Round up stärker war als ich, stärker als wir, daß überhaupt nur eine Kraft zählte und das war die der Maschine. Je steiler die Drehung, desto stärker spürte ich meinen Körper schwinden, ich war nur noch ein Teilchen, das in einer riesigen Zentrifuge umhergeschleudert wurde und jederzeit, jederzeit aus dem Wirbel, aus der geordneten physikalischen Figur hinausgeworfen werden konnte. Schon wird die Scheibe, in der

Vertikalen angekommen, langsamer, schon läßt einer die Haltegriffe fahren und sich, der wieder einsetzenden Schwerkraft nachgebend, nach unten ins Zentrum ziehen. Er wird, sobald die Scheibe an Geschwindigkeit zulegt, um die Nabe herumgewirbelt, seine Arme und Beine bilden bizarre Fähnchen, die an der Körpermitte stecken, kurz davor, auseinandergerissen zu werden. Da wußte ich, daß ich sie verlieren würde; ich würde Agnes verlieren; wir würden uns nicht halten können, wir würden beide die glatte, rotierende Scheibe entlangschlittern, um die Nabe herum, dann gegen das Gitter geschmettert, wieder keinen Halt finden, wir würden im Kampf zwischen Flieh- und Schwerkraft zertrümmert werden. Es war nur die Frage, wen von uns beiden zuerst die Kräfte verlassen würden. Wir waren schief in die Welt gekippt worden, und die Welt würde nie mehr gerade sein. Agnes würde sich verletzen, vielleicht würde sie sterben, und wenn sie überlebte, würde man sie zurückbringen an den Ort der schrecklichen Friseure, weil ich nicht auf sie aufgepaßt hatte. Ihre Haare, ihr Kopf, würden erneut mißhandelt werden, und ich wäre schuld, und meine Großmutter hätte recht behalten, es gäbe keine Klinken mehr an den Türen zu Agnes. Ich drehte vorsichtig meinen Kopf zu ihr hinüber. Bitte Agnes, nicht loslassen, nicht loslassen, laß nicht los, wollte ich sagen, aber ich konnte es nicht. Ihr Gesicht, ihr Körper waren vollkommen starr, die Augen blinzelten nicht mehr. Ich sah, wie ihre Hände an den Griffen nach unten glitten, bis sie ins Leere faßten. Ihr Oberkörper entfernte sich vom Gitter, und ihre Beine gaben nach. Dann sah ich sie schweben. Sie breitete die Arme aus und flog in die Dunkelheit hinein. Die Lichter der Stadt, die bunten Glühlampen der Buden blinkten, sendeten Signale in den Nachthimmel, in dem Agnes sich drehte um ihre eigene Achse, aufgehoben auf Luftkissen, die nur ihr gehörten. Es war still hier oben. Von dem Lärm der Karussells, dem Kreischen der Mitfahrer, den Rufen der Ansager war nichts mehr zu hören, ein Rauschen der Stille. Nur Agnes macht ihre Lippen weit, ihr Mund ein Trichterschlund, sie lacht ihr verwundetes, grundloses Lachen und weit über den Platz klingt ihr dunkles, ihr hohes Huhuh.

Sekunden, Sekunden nur. Noch als wir wieder am Boden sind, draußen, in Sicherheit, steht Agnes steif, sie sieht mich nicht an, ihre braune Haut glänzt, sie lacht nicht mehr, und sie spricht auch nicht mehr, ihre Augen sind weit weg, noch immer, in der Dunkelheit über uns. Auf dem ganzen Nachhauseweg sagen wir kein Wort. Dann nehme ich ihre Hand und schwinge sie leise hin und her. Ön dö troa, sagt die Angst zu Agnes, ön dö troa.

Das Auge

Mein Nachbar hatte sein linkes Auge verloren. Er war eine Weile weg gewesen, und als ich ihn nach seiner Rückkehr auf der Straße traf, trug er eine schwarze Klappe. Keine große Sache, fügte er hinzu. Das fehlende Auge war ohnehin aus Glas gewesen, wie ich wußte. Aber an der Art, wie sein anderes Auge, das gesunde, dabei blinzelte, konnte ich erkennen, daß etwas dahintersteckte.

Es war mir gelungen, ein angenehmes, wenngleich noch nicht allzu enges Verhältnis zu ihm und seiner Frau aufzubauen. Wir grüßten uns über unsere Gartenhecken hinweg, und in kürzer werdenden Abständen lud ich beide zum Essen ein. Er war mit einer pensionierten Postbeamtin verheiratet, seit ein paar Jahren erst, seit er selber im Ruhestand war. Sie hatten beide keine Kinder. Und ich war Mitte zwanzig, lebte allein, hatte keinen Anhang und kaum Freunde, und ich glaube, manchmal gefiel es den beiden, sich vorzustellen, ich wäre ihr Sohn. Ich merkte es daran, wie sie nebeneinander in der Haustür standen und mir hinterhersahen, wenn ich morgens zur Arbeit fuhr. Oder sie kamen ebenfalls in ihren Garten, wenn ich bei mir den Rasen mähte oder Bäume beschnitt, und beobachteten mich, wiederum stumm nebeneinander stehend, und wenn ich mit meiner Tätigkeit innehielt, winkten sie zaghaft. Und ich tat ihnen den Gefallen, sie René und Berthe zu nennen, und sie sagten Michael zu mir, aber trotzdem siezten wir uns noch.

René hatte früher einen Obst- und Gemüseladen, und beim allzu hastigen Öffnen und Entkernen einer Avocado war er eines Tages so unglücklich am Kern abgeglitten, daß sich die Spitze des Messers in sein Auge bohrte. Genauer gesagt nicht nur ins Auge, sondern durchs Auge hindurch, weswegen sein Sehnerv nicht mehr zu retten war und auch das Augeninnere so vernarbte, daß die Ärzte ihm das ansehnlichere und leichter zu pflegende Kunstauge empfahlen.

Man muß die Dinge langsam angehen, das ist meine Philosophie. Deshalb fragte ich auch nicht sofort, was diesmal passiert war. Seit René die Augenklappe trug, hatte sich etwas verändert. Ich sah Berthe jetzt beinahe jeden Tag Wäsche aufhängen, was sie sonst nur einmal in der Woche getan hatte, und mehrmals beobachtete ich René, wie er in Gummihandschuhen und mit Plastikschonern über den Schuhen die Gartenmöbel mit einer Seifenlauge abwischte, in die er vorher eine halbe Flasche Sagrotan gekippt hatte. Der Geruch wehte auf meine Terrasse herüber. Ich sage meine Terrasse, immerhin fungierte ich als Haushüter für den im Ausland lebenden Besitzer und zahlte deshalb nur eine geringe Miete. René und Berthe hingegen waren die rechtmäßigen Eigentümer des ansehnlichen Gebäudes nebenan. Ich arbeitete damals als Koch in einem Restaurant kurz hinter der Autobahnausfahrt, die in unser Städtchen führt. Für die Einladung zum Essen ließ ich mir drei Wochen Zeit, ich wollte nicht durch falsche Aufdringlichkeit alles verderben. Zudem mußte ich die Einladungen wohl dosieren, denn ich konnte sie mir nur leisten, weil ich in dem Lokal auf einen Angestelltenrabatt zählen durfte. Ich war also zufrieden, daß meine Nachbarn auch dieses Mal umstandslos akzeptierten und ihrerseits unser kleines Ritual erfüllten, das vorsah, daß ich nach dem Mittagessen

bei René und Berthe zu Kaffee und Kuchen erwartet
würde.

Ich sah sie auf den Parkplatz einbiegen, Berthe fuhr
wie immer den Wagen. Es fiel mir auf, daß sie statt des
früheren Pelzbezugs jetzt einen Lenkradschoner aus
durchsichtigem Plastik benutzten. René, der klein und
gedrungen ist, kam schwankend auf mich zu. Das Gehen
schien ihm Schwierigkeiten zu bereiten. Nur langsam
setzte er einen Fuß vor den anderen, wobei die Fuß-
spitzen nach innen gerichtet blieben. Bei jedem Schritt
ließ er das Gewicht seines Körpers so lange wie möglich
auf dem jeweils ruhenden Fuß lasten, um es erst kurz
vor dem Aufsetzen des anderen auf diesen zu verlagern.
Sein Körper blieb dabei steif und unbeweglich, ein star-
res Maschinenteil, das auf die Beine aufgesetzt war und
sich im Rhythmus der Schritte von einer Seite auf die
andere legte. Es wirkte beinahe, als vertraue er der Erde
unter seinen Füßen nicht und wolle jeden unnötigen
Kontakt mit ihr vermeiden oder als könne die Ober-
fläche, auf der er sich bewegte, jeden Augenblick ein-
brechen.

Berthe sah wie immer so aus, als sei sie, unfrisiert
und ungewaschen, aus ihrem Bett aufgestanden, habe ihr
Nachthemd fallen lassen und sei in das nächstbeste Gewand gestiegen, das sie hatte finden können. Sie war
barfuß in krummgetretenen, gummibesohlten Plüsch-
pantoffeln, und obwohl es kalt war, Herbst wurde, trug
sie ein sommerliches Kleid, das zwar viel Stoff um ihren
massigen Körper raffte, doch an den entscheidenden
Stellen eng anlag, so daß ihre Brust sich ungeformt dar-
aus hervorwölbte und sie wie zufällig die Hände über
dem Bauch verschränken mußte, um die Brust von unten

zu stützen. Bisweilen fuhr sie sich mit der Hand durch das gesträubte Haar, das sich Mühe gab, die rosige Kopfhaut zu verbergen.

Ich streckte René die Hand zur Begrüßung entgegen, und er tat nach kurzem Zögern das gleiche, aber er nahm meine Hand nicht, geschweige, daß er sie drückte, er legte seine Handfläche an meine, kaum daß sie sich berührten, um sie augenblicklich wieder fortzuziehen; er tat dies mit einer schnellen Drehung des Handgelenks; dann ließ er sie mit ganz geraden Fingern, steif, in kurzem Abstand von der Hosennaht hängen, als müsse er das Bedürfnis unterdrücken, sie dort abzuwischen. Beide, Berthe und René, rochen intensiv nach Seife.

Wir saßen direkt am Fenster, durch das wir den Hügel hinabsehen konnten auf eine Reihe dichtstehender Krüppelkiefern, dahinter zogen sich bis zum Horizont von gelben Stoppeln bedeckte Felder. Die Getränke kamen, ich hatte einen leichten Weißwein empfohlen, aber René wollte lieber ein Pils, das wirke beruhigend wegen des Hopfens, erklärte er, und während wir anstießen und ein unverfängliches Gespräch über die leider wenig abwechslungsreiche Aussicht auf die uns umgebende Tiefebene begannen, dachte ich daran, wie erschrocken ich war, als ich René zum ersten Mal aus der Nähe gesehen hatte. Ich versuchte seinen Blick festzuhalten und dachte zuerst, er schiele, bis ich merkte, daß nur das eine Auge lebendig war, sich bewegte und auf sein Gegenüber richtete, während das andere abgestorben oder unecht sein mußte. Dennoch hatte ich auch bei diesem, dem linken Augapfel, das Gefühl, er irre umher auf der Suche nach etwas, das er fixieren könne. Der Eindruck kam daher, daß das Auge nach außen getrieben war; es hockte auf dem Rand seiner Höhle, und eine Masse zu Falten geworfener Haut hielt es dort fest. René sollte meinen Schreck nicht bemerken; es beunruhigte mich, daß seinem Blick dieses gleichzeitig Unstete und gelassen Glotzende anhaftete, und da ich nicht sicher war, wann René mich ansah, schlich sich, ohne daß ich es verhindern konnte, ein zögerndes Lächeln auf mein Gesicht, immer bereit, breit zu werden und Zähne zu zeigen.

Nun, mit der schwarzen Augenklappe als Gegenüber, die keiner von uns bisher ansprechen mochte, war das Problem insofern gelöst, als sich meine Konzentration auf das übriggebliebene rechte Auge richtete, und ich glaubte zu bemerken, daß auch Berthe nur in Renés einziges Auge sah. Wie immer baten mich die beiden, das Essen für sie auszusuchen, was ich gerne übernahm; ich hatte für Berthe das Kalbsgeschnetzelte, für mich das Rinderfilet und für René die Forelle blau gewählt und bemerkte meinen Irrtum leider erst im nachhinein. Ich hatte nicht daran gedacht, daß der Fisch einen Kopf mit Augen hatte. Dann war es zu spät, das Auge lag vor René, aufgerissen, lidlos, ein scharf umgrenzter kleiner Teich aus milchigem, vertrocknetem Gelee mit einem dunklen Fleck darin. Wenn man mit der Gabelzinke hineinstach, behutsam, konnte man den harten Fleck in dem Gelee hin und her schieben und dabei an ein Seerosenblatt denken. Ich wollte ihn ablenken.

»Möchten Sie von dem ungarischen Wein probieren?«

Er hörte nicht.

»René?«

Berthe sah mich an und schüttelte wortlos den Kopf, aber ich gab nicht auf. »René, darf ich Ihnen einen Schluck Wein anbieten?«

Er sah von dem Fischauge auf, ich deutete auf mein Glas und machte eine einladende Geste mit der Hand.

René lachte, in ruckartigen, etwas heiseren Stößen.

»Bitte, probieren Sie doch«, ich wiederholte meine Geste.

Renés gesundes Auge wanderte von mir zum Weinglas und zurück.

»Und das stört Sie nicht?«

»Nicht im geringsten.«

René nahm das fremde Glas mit einer ausladenden Bewegung, er hielt es in einigem Abstand vor sich, maß es mit seinem Auge, und hob dann Daumen und Zeigefinger der linken, freien Hand, um den Rand des Glases dort abzureiben, wo er es an den Mund setzen würde. Endlich nahm er einen Schluck, sehr vorsichtig, einen sehr kleinen Schluck. Er ließ den Rand, der vom Wein und seinen Lippen befeuchtet war, noch einmal zwischen Daumen und Zeigefinger hindurchgleiten, musterte die Stelle mißtrauisch, wetzte unruhig auf seinem Stuhl hin und her, warf noch einen skeptischen Blick auf das Glas und stellte es zurück.

»Vielen Dank«, sagte er, zu mir geneigt, blinzelnd, »sehr gut, wirklich sehr gut.«

Das gesunde Auge spazierte nervös über den Tisch und zum Fenster hinaus, dann wischte sich René, nachdem er einige Bissen hastig, ohne zu kauen, hinuntergeschluckt und nicht auf unsere Bemerkungen über die Qualität von Fleisch im allgemeinen und diesem im besonderen reagiert hatte, mit seiner Serviette fest über den Mund und griff abermals nach meinem Glas, diesmal mit der Linken, und versuchte, es wieder gegen das Licht haltend, den Rand, an dem er getrunken hatte, ein weiteres

Mal mit den Fingern der Rechten zu putzen, indem er zuerst den äußeren Rand mit dem Daumen abrieb, dann den inneren mit dem Zeigefinger, darauf mit Zeige- und Mittelfinger, um schließlich mit dem Handballen außen um den Rand zu fahren. Er machte dabei ein unglückliches, angestrengtes Gesicht, sein Mund verspannte sich, das lebende Auge schwoll rot an, und seine Linke krampfte sich um das Glas.

»René, sieh nur!«, Berthe schrie fast, sie deutete hinaus auf die Kiefern, in die ein Schwarm Krähen hineingefahren war, sturmartig, mit schweren dunklen Körpern, und sich niederließ auf den Ästen, daß diese selber flügelartig auf- und abschwangen.

René fuhr auf, ertappt, er folgte ihrem Blick und setzte langsam, widerstrebend, das Glas auf seinen Platz zurück, Schweißtropfen glänzten auf seiner Stirn, die rechte Hand mit den gekrümmten Zeige- und Mittelfingern ruhte zitternd auf dem Tischtuch.

Eine gute Stunde später saß ich im Rund der dickgepolsterten Wohnlandschaft meiner Nachbarn. Berthe brachte die schon aufgeschnittenen Kuchenstücke auf zwei großen runden Tellern ins Wohnzimmer und stellte sie auf den Tisch. Über jeden war eine Plastikfolie gebreitet, die Berthe unter dem Teller festklemmte. Eine Weile saßen wir alle drei stumm um den auf diese Weise von seiner Umgebung abgeschirmten Kuchen, und schließlich sagte Berthe: »Es ist wegen der Fliegen«, und sie nahm eine Patsche von der Vitrine und ließ sie zielsicher auf eine winzige Fliege herniedersausen, die gerade auf der Armlehne des Sofas gelandet war. Das zermalmte Tier wischte sie, nach einem schnellen Blick zu René, mit der Patsche auf den Boden, wo der Hund, ein erstaunlich dünner Dackel, es einmal beleckte und dann hinunterschluckte. Ich hatte bisher noch nicht gewagt, irgendeine Andeutung zu machen, aber irgendwann mußte ich die Sache in Angriff nehmen, die Dinge ein wenig vorantreiben. Der Hund schien, wie das verlorene Auge, eine gute Gelegenheit. Ich kann Hunde nicht ausstehen, aber sie sollten sehen, daß ich ein hingebungsvoller Mensch war, mit einer fürsorglichen Ader. Bisher war es mir allerdings nicht gelungen, bei dem Dackel zu punkten, der auf den Namen Yvonne hörte. Jedesmal wenn ich die Hand nach ihm ausstreckte, zog Yvonne warnend die Lefzen zurück. Berthe lüftete die Plastikfolie. Ich nahm ein Stück Kuchen und legte es auf meinen Teller. Die dazugehörige Kuchengabel war aus Plastik.

René war noch nie ein großer Redner gewesen, Berthe hingegen plauderte ganz gern, und als ich sah, daß Renés Kinn wohl in Folge der ermüdenden Verdauungstätigkeit auf seine Brust gesunken war und sich das einzige Augenlid ebenfalls senkte, und Berthe noch dazu bemerkte, »der Arme, er ist solche Anspannung nicht mehr gewohnt, wir gehen ja kaum aus dem Haus«, faßte ich mir ein Herz und fragte mit leiser, jedoch nicht unangemessen vertraulicher Stimme: »Was ist passiert.«

Berthe schwieg, sie schaute nach unten, wo das Tier mit glänzendem Fell unter dem Tisch lag. Schließlich rang sich ein ächzender Seufzer aus ihrer Brust, und sie sagte bekümmert: »Wissen Sie, wissen Sie, Michael, die einzigen Verwandten, die wir noch haben, sind Renés Bruder Götz und seine Frau Greta.«

Nun kann ich nicht behaupten, daß mich diese Äußerung glücklich machte, sie versetzte mir sogar einen kleinen Schock, das war das erste Mal, daß von diesem Bruder die Rede war. Immerhin fügte Berthe nach einem weiteren Seufzer hinzu, sei ihre Schwägerin Greta vor kurzem kinderlos gestorben. Ich atmete erleichtert auf.

Und Berthe begann von dem tragischen Ereignis zu erzählen, das sich vor kurzem in einer kleinen Stadt, nur einige hundert Kilometer entfernt, abgespielt hatte.

Greta war eine sehr schöne Frau, und Götz liebte sie unsagbar, obwohl sie ihn behandelte wie einen Knecht. Als Greta starb, verzog Götz sich wie ein Hund in seine Wohnung und ließ niemanden zu sich. Er bat nur darum, daß René kommen und ihm beistehen solle in den Fragen um die Beisetzung. »René, erinnerst du dich.«

René hielt die Hände vor dem Bauch gefaltet, das Auge geschlossen, das Kinn war auf die Brust gesunken.

Er war zu Götz gefahren und hatte erwartet, die Wohnung in einem Zustand zu finden, wie sie dessen verwirrtem Kummer entsprach, doch er täuschte sich. Das Geschirr war abgewaschen, der Boden gefegt, selbst die Kissen auf dem Sofa waren an ihrem Platz. René war zuversichtlich. Er umarmte seinen Bruder, klopfte ihm auf den Rücken und übersah dessen gebeugte Haltung und den ausweichenden Blick seiner Augen. René mußte auf dem Sofa im Wohnzimmer übernachten, hatte auch nichts anderes erwartet, und es kam ihm nicht in den Sinn, einen Blick in das Schlafzimmer der Eheleute werfen zu wollen, in dem, wie er mutmaßte, Greta friedlich hingeschieden war.

Zwischen ihrem Tod und der Beisetzung sollten fünf Tage liegen. René war seit zwei Tagen bei Götz und hatte nicht viel zu tun, das Beerdigungsinstitut kümmerte sich um alles: die Todesanzeige, die Wahl des Sarges, das Gespräch mit dem Pfarrer, die Grabrede, die Blumengestecke. Während Götz im Schlafzimmer allein sein wollte, ging René spazieren, er ging viel spazieren, manchmal hörte er seinen Bruder durch die geschlossene Tür mit sich selbst reden, und dann kam der dritte Tag.

Es klingelte frühmorgens, und ein schwarzgekleideter Herr stand vor der Tür und wollte die Leiche abholen. Welche Leiche, fragte René, da hörte er hinter sich die Schlafzimmertür knallen. Der schwarzgekleidete Herr lächelte verbindlich. Zwei Tage sind das äußerste. Der Abschiedsschmerz, ja, aber länger dürfen wir Ihnen die Verstorbene nicht überlassen.

Götz öffnete die Schlafzimmertür erst, nachdem sie gedroht hatten, die Feuerwehr zu rufen. Auf dem Ehebett lag, feierlich bekleidet mit ihrem roten, samtgefaßten Ausgehkostüm, unter dem die Spitzen ihres Unterrocks hervorlugten, ihren Granatschmuck um den Hals und an den Händen, und in blanken Sonntagsschuhen, Greta. Götz kauerte hinter der Tür.

Der schwarze Herr gab Götz noch einen kurzen Aufschub, um sich ein letztes Mal zu verabschieden. Der achtete nicht auf René, er sah mit glühendem Gesicht nur Greta vor sich liegen. Er machte einen zaghaften, unwillkürlichen Schritt auf sie zu, streckte ein wenig kindisch lächelnd seine Hand aus, dann küßte er ihr Gesicht, vorsichtig zuerst, die Stirn, die Lider, die Wangen, den Mund, schließlich von Verzweiflung geschüttelt und ohne Hemmung. Er liebkoste und leckte, begeiferte und biß sie, und er begann zu weinen, Tränen, die über seine Wangen auf Gretas Lider tropften, die ihr Gesicht, das hingeschminkte, verschmierten und ihre Züge zerrinnen ließen, daß es aussah, als weinte auch sie und als hätte Götz sie wieder zum Leben erweckt. Dann verschwand sie hinter all dem Naß, ihr Gesicht zerging und löste sich auf, und Götz sank an ihrem Bett nieder und wußte, sie war tot.

Berthe hielt inne und sah zu René hinüber, der auf dem Sofa schlief. Jedesmal, wenn er seinen Atem ausstieß, zitterte seine Unterlippe, und ein paar Speichelbläschen zerplatzten feuchtglänzend auf ihr.

Nicht genug, daß René unwissentlich mit der Toten in einer Wohnung gelebt hatte, mußte er nun erleben, daß Götz, nachdem seine Frau dem schwarzgekleideten Herrn übergeben worden war, sich aus Ehrfurcht vor der Toten und deren letzter Berührung weder badete noch duschte, ja noch nicht einmal die Hände wusch. Er küßte, umarmte, drückte René, während der sich am liebsten ganz in seine Haut zurückgezogen und diese, die vergiftete äußere Schicht, abgeworfen hätte wie eine Schlange, eine reinigende Häutung. Götz, selber apathisch, versorgte beide mit dem Nötigsten, strich Schmalzbrote, öffnete Dosen. René wand sich. Aus dem Kaffeedampf stieg ihm Leichengeruch entgegen, und bei jedem Bissen war es ihm, als hätte er ein Stück Totenfleisch im Mund. Der erkaltete Atem Gretas durchdrang die Wohnung, er war überall, und Götz war sein Medium. René duschte täglich mehrmals, er wusch sich ununterbrochen Gesicht und Hände, er wagte kaum noch Luft zu holen. Schließlich brach er zusammen.

Als Berthe zwei Tage später, rechtzeitig zur Beerdigung, eintraf, lag René mit hohem Fieber auf dem Sofa. Sie hatte ihn noch nie krank gesehen. Er verweigerte jede

Nahrung, und selbst dem herbeigerufenen Arzt gelang es nicht, ihm irgendein Medikament einzuflößen, so daß ihm schließlich ein Beruhigungsmittel gespritzt werden mußte.

Berthe wischte sich den Schweiß von der Stirn.

»Und dann«, sagte sie, »dann sah ich das Auge auf dem Tisch liegen. In seinem Gesicht klaffte die leere Höhle, dürftig verhangen von einem zitternden, faltenwerfenden Lid. Sobald die Rede auf das Auge kam, sobald einer von uns ihn nötigen wollte, das Auge wieder einzusetzen, versteifte sich sein ganzer Körper in abwehrender Erregung. Dem Arzt vertraute er schließlich an, daß es ihm unmöglich sei, diesen Kunstkörper, der einmal Teil seines eigenen Körpers gewesen sei, und also im Grunde kein Kunstkörper mehr, sondern sein eigener Körperteil, daß es ihm unmöglich sei, diesen eigenen Körperteil seinem übrigen Körper wieder hinzuzufügen, weil dieser dadurch, daß er schutzlos der leichenvergifteten Luft ausgesetzt war, längst selber leichenvergiftet sei, umso mehr, als sein Bruder Götz in durchaus liebevoller Absicht jeden Morgen das über Nacht auf dem Wohnzimmertisch abgelegte Auge mit einem weichen Lappen geputzt und poliert habe, einem Lappen, der, so mußte René annehmen, gleichfalls dazu gedient hatte, die Möbel und Gegenstände in dem Schlafzimmer der Leiche zu entstauben und zu wienern, wenn nicht sogar verschiedene Kleidungs- und Schmuckstücke der Toten mit ebendiesem Lappen gereinigt und abgerieben wurden, wenn nicht sogar die Tote selber damit abgewischt und saubergescheuert wurde – mit diesem Lappen, mit dem Götz danach sein, Renés künstliches Auge, das aber, wie schon gesagt, wie sein leibliches Auge sei, zum Glänzen gebracht habe, und eben deswegen sei es unter diesen Umständen für René unmöglich, dieses Auge noch einmal anzufassen, geschweige es einzusetzen, nicht einmal mehr ansehen wolle er es, es sei, als ob er ein Leichenauge ansehen müsse, und ein Leichenauge einzusetzen, das könne niemand von ihm verlangen. Nach dieser Rede schloß er das verbliebene gesunde Auge und fiel in einen fiebrigen Krampf, der seine Glieder im Schlaf zucken ließ.«

An dieser Stelle hielt Berthe inne, und einige Augenblicke herrschte tiefe Stille zwischen uns. Fast so, als hätte die uns umgebende Luft etwas Körperliches, das unsere Bewegungen und unser Atmen lähmte. Fast so, als ob die Zeit sich selber angehalten hätte, einen Moment nur. Dann stand Berthe auf, ging an den Wohnzimmerschrank, öffnete eine Schublade und entnahm ihr ein Plastiksäckchen. Sie legte das Säckchen auf den Tisch. Es war durchsichtig und enthielt Renés Auge.

Wir saßen um den Tisch herum, und betrachteten das Auge, und das Auge betrachtete uns. Genauer gesagt, das Auge betrachtete mich, es hatte sich auf eine Seite gedreht, die Pupille hatte sich auf eine Seite gedreht, und starrte mich an.

»Ich bringe nicht fertig, es wegzuwerfen«, Berthe flüsterte fast, und ich befürchtete, sie würde anfangen zu weinen. »Er weiß nicht, daß ich es aufgehoben habe. Aber ich habe so lange Jahre mit diesem Auge gelebt, es ist in gewisser Weise auch mein Auge. Wenn René mich ansah, dann mit diesem Auge.« Sie machte eine Pause und holte tief Luft.

»Sie sind ein liebenswürdiger und hilfsbereiter Nachbar, Michael.« Wieder eine Pause. »Sie könnten ja beinahe unser Sohn sein.« Ich spürte, wie mein Herz schneller klopfte. Ich setzte schon zu einer Erwiderung an, beherrschte mich aber noch rechtzeitig.

»Wenn ich Sie um einen Gefallen bitten dürfte.«

Ich nickte, sprachlos.

»Würden Sie das Auge für mich aufbewahren.«

Ich stand auf, um zur Toilette zu gehen. Der glänzende Hund schnüffelte hinter mir her und hielt mißmutig vor der Tür Wache. Ich betrachtete mein Gesicht im Spiegel und wusch mir sorgfältig die Hände, klappte den Toilettendeckel auf und starrte auf die Brille. Ich setzte mich und ließ mir Zeit, langsam von hundert rückwärts zählend. Ein Schweißtropfen rann mir den Hals hinunter und versickerte im Hemdkragen. Als ich fertig war, wusch ich mir wieder die Hände und ging zurück ins Wohnzimmer, wo es inzwischen dämmrig geworden war.

Beim Abschied strich René über die Innenfläche meiner Hand und sagte: »Wir werden uns hoffentlich noch öfters sehen.« Ich lächelte, ohne zu antworten. Einen Moment ließ ich die Hand ausgestreckt neben meiner Hose herunterhängen, während die andere in der Jackentasche das Säckchen mit dem Auge umfaßte. Ich wollte noch etwas sagen, aber ich hatte vergessen, was es war. Ich durchquerte den Kakteengarten und ging hinüber in das möblierte Haus, das mir nicht gehörte. René und Berthe winkten mit nur halb erhobenen Händen hinter der schmiedeeisernen Gartentür.

Mink

Während der Tage dauernden Fahrt verbohrten sich seine Gedanken immer aufs Neue in das hinter ihm liegende Unglück. Wenn er müde wurde, suchte er sich einen Parkplatz und schlief im Auto, nie länger als drei, vier Stunden. Dann wachte er von alleine auf, warf einen Blick in den Rückspiegel, ob irgendetwas sich verändert hatte. Alles, was er noch besaß, paßte in den Kofferraum und auf den Rücksitz seines Opels. Das Unterwegssein gefiel ihm, es lenkte ihn ab, er fuhr lange Umwege übers Land und hoffte, bis er die Stadt erreichte, wäre er ruhig genug, um Helen zu treffen.

Er nahm sich ein billiges Zimmer ohne Frühstück in einer Etagenpension. Die baumbestandene Straße war so ruhig, daß er bei geöffnetem Fenster schlafen konnte. Aber die meiste Zeit lag er wach. Er empfand keinen Schmerz.

Die nächsten zwei Tage streunte er in der Stadt umher, lief weite Strecken zu Fuß, um das Geld für die U-Bahn zu sparen. Helen könnte längst verheiratet sein, Kinder haben. Vielleicht wäre er ein Störenfried, eine ganz und gar unwillkommene Erinnerung an eine Vergangenheit, die sie vergessen wollte. Nicht einmal einen neuen Anzug konnte er sich kaufen. Aber ein Friseurbesuch sollte wenigstens drin sein. Helen hatte ihm seinen Spitznamen gegeben. Der dichten braunen Haare wegen, die ihm mit einem dicken Schopf in die Stirn fielen. Daran hatte sich nichts geändert.

Am nächsten Tag regnete es. Still lag er auf dem Bett und ließ die Zeit verstreichen. Und er wunderte sich darüber, wie sie vergehen konnte, so viel Zeit konnte vergehen, ohne daß das nagende Gefühl in ihm verschwand.

Jedesmal, wenn er sich auf dem Bett zur Seite drehte, fiel sein Blick auf das dünne Adreßbuch mit Plastik-Umschlag und Werbeprägung, das er neben das Telefon auf den Nachttisch gelegt hatte. Darin stand Helens Nummer.

Er legte sich sorgfältig zurecht, was er ihr sagen würde. Und vor allem, wie er es sagen würde. Daß ein Geschäft schiefging, konnte jedem passieren. Es war nicht seine Schuld. Irina hatte ein paarmal Urlaub gemacht in dem Dörfchen an der französischen Küste, und sie hatte recht behalten mit dem Urlauberzustrom; der Badeort wurde Jahr für Jahr beliebter. Sie versuchten es zuerst mit einem Elektrokleingeräte-Laden: Wasserkocher, Rasierer, Toaster, tragbare Mini-Fernseher, Weltempfänger. Anfangs lief es gar nicht schlecht, aber irgendwann, obwohl die Urlauberzahlen nicht stagnierten, schien der Bedarf erschöpft. Sie hielten noch ein paar Monate durch, dann mußten sie schließen. Wieder war es Irina, die die Idee mit dem Waschsalon hatte. Diesmal machten sie von Anfang an Verlust, mit den laufenden Einnahmen konnten sie nicht mal die Raten für die Maschinen bezahlen. Die Stimmung in dem Ort kippte, ein verregneter Sommer brachte bei den ausländischen Touristen kindische Zerstörungslust zum Vorschein. Mink und Irina fanden ihre Geldwechselgeräte aufgebrochen; verstopfte Münzschlitze waren ein kleines Übel, einmal hatte jemand Scheiblettenkäse in der Trocknertrommel schmelzen lassen, ein andermal eine junge Katze in die Waschmaschine gesteckt und in die Einfüllkammern Kirschsaft gegossen.

Nach einem weiteren halben Jahr, in dem sie den Rest von Minks Geld zuschossen, blieb ihnen nichts übrig, als den Laden zuzumachen.

Alles, was Mink in das Geschäft gesteckt hatte, war weg, das kleine Erbe aufgebraucht. Er konnte noch von Glück sagen, daß die Bank ihnen keinen Kredit gegeben hatte, sonst säße er jetzt auch noch auf einem Berg Schulden. Es war nur eine Frage der Zeit, bis er wieder auf die Beine kommen würde. Er wollte kein Geld von Helen, er wollte nur mit ihr reden, mit jemandem, der ihm einen Rat geben konnte, ein paar Tips. Sie als Anwältin kannte sicher die halbe Stadt. Ein halbwegs guter Job, und nebenbei konnte er vielleicht sogar sein Studium zu Ende bringen. Das jedenfalls, würde er mit einem Grinsen zu Helen sagen, das war nur eine Schlaufe in meinem Leben, das ist noch nicht das Ende.

Er ging auf die Toilette, und beim Wasserlassen räusperte er sich drei- oder viermal so kräftig er konnte. Seit er weggefahren war, hatte er mit niemandem mehr gesprochen außer einem Tankwart, zwei, drei Bedienungen, der Pensionsinhaberin und dem Friseur. Den ein oder anderen Song aus dem Radio summte er manchmal mit, *and now I'm set free, I'm set free,* kümmerliche Satzfetzen, *I'm set free to find a new illusion.* Beim Friseur hatte er einen Kurzhaarschnitt verlangt, und der Junge am Tresen beugte sich ihm entgegen und sagte »wie bitte«, und er merkte, daß die eigene Stimme irgendwo in seinem Inneren verloren gegangen war, ein Quell, der versiegt, wenn man nicht aus ihm schöpft. Das Erschrecken über die eigene Unhörbarkeit. Er stützte sich auf das Waschbecken, blickte zu Boden, wollte sich nicht im Spiegel sehen.

»Helen, hier ist Mink.« Der Spitzname, den er seit Jahren nicht mehr benutzt hatte.

»Mink –«, das war ein typisch spitzer Helen-Ausruf, erstaunt, nicht überrumpelt, nicht unangenehm überrascht.

»Hätte nicht gedacht, daß deine Nummer noch stimmt.«

»Die kann man jetzt mitnehmen«, sie lachte, »wohin du auch gehst. Dein Leben lang dieselbe Telefonnummer. Praktisch, oder. Was machst du, wo bist du, wie gehts dir.«

»Zu viele Fragen auf einmal. Ich bin in der Stadt. Wir könnten uns treffen.«

Sie zögerte, ein, zwei Herzschläge lang.

»Klar. Klar sehen wir uns. Ist Irina auch dabei?«

»Irina ist – nein, wir haben uns getrennt.« Er strich mit der Hand vorsichtig über seine Wange.

»Dann kommst du allein.« Ihre Stimme war jetzt fest und bestimmt. »Ich habe heute abend eine Show.«

Er verstand nicht.

»Na, eine Show, oder eher ein Stück mit Musik, du weißt schon, Theater, ein kleiner Saal über dem *Sabato-King-Club, was Seriöses.*«

Er freute sich, er versprach zu kommen.

Helen hatte Jura studiert und nebenbei als Table Dancerin in einem ziemlich teuren, ziemlich exklusiven Club gearbeitet, wo Touristen und die bessergestellte Klientel des Milieus aufeinandertrafen. Zipper-rubbing nannte es Helen und konnte sich ausschütten vor Lachen, den Kopf nach hinten geworfen, Zipper-rubbing, weil die Männer sie nicht anfassen durften, selbst wenn sie ihnen auf dem Schoß saß mit nichts als einem Tanga; die Scheine steckten sie ihr unter die dünnen Strings, und Helen hatte gut verdient. Sie konnte ihr Studium und ihren Drogenkonsum damit finanzieren. Sie schien Hilfe nicht zu brauchen; was ihr Privatleben betraf, hatte es nie so etwas wie einen festen Freund gegeben. Mink wäre gern wenigstens ihr Vertrauter gewesen, aber er war sich nicht einmal ihrer Zuneigung sicher; die Vorstellung, daß Helen jemanden lieben könne, schien beinahe unmöglich. Sie existierte im Grunde nur für ihr Studium, so merkwürdig das klang.

Irina und Helen kannten sich seit ihrer Schulzeit. Irina hatte ihr Betriebswirtschaftsstudium nach ein paar Semestern abgebrochen und jobbte seitdem in der Buchhaltung einer Spedition. Über Helen sagte sie immer öfter: »Sie ist eine Schlampe. Sie ist eine verdammte parasitäre Schlampe, die noch nie in ihrem Leben richtig gearbeitet hat. Sie weiß nicht mal, wie man das buchstabiert, Arbeit.«

»Denkst du etwa, der Job macht ihr Spaß?« fragte Mink, und Irina fauchte, »denkst du etwa, sie haßt das, was sie tut?«

Wenn er nachts zu Irina fuhr, wartete er manchmal eine Weile im Auto vor dem Haus. Er tat nichts weiter als zwei oder drei Zigaretten zu rauchen und dabei zu Helens Fenstern hinaufzuschauen, eine Etage über Irina. Zwei oder drei Zigaretten, meist reichte das aus, um festzustellen, ob Helen allein war oder Besuch hatte. Sie zog nie die Vorhänge zu.

Als Helen schließlich in einer Luxusklinik verschwand, um sich in besten Händen und angenehmer Umgebung einen Entzug zu leisten, schien das die endgültige Konsequenz, um das letzte Staatsexamen ablegen zu können und mit ihrer Vergangenheit abzuschließen. Zur selben Zeit hatte Mink von einer kinderlosen Tante eine kleine Summe geerbt. Es wäre mehr als genug gewesen, um in aller Ruhe zu Ende zu studieren. Aber Irina hatte andere Pläne. Er brach das Studium ab und ging mit ihr fort. Damals verloren sie Helen aus den Augen. Helen, die als Juristin in der Filmindustrie oder für eine Musikfirma arbeiten wollte. Er konnte sich nicht vorstellen, daß sie jetzt als Schauspielerin Karriere machte.

»Was ist aus deiner Rechtsbesessenheit geworden«, sie hatte nicht darauf geantwortet. Wahrscheinlich hatte sie längst ihre eigene Kanzlei mit Blick auf die Docks und den Hafen, wahrscheinlich war die Frage naiv, er hätte ihren Namen schon mal gehört haben müssen in einer dieser großen Strafsachen um Plagiatsvorwürfe, Verletzung der Urheberrechte, illegale Musikdownloads im Internet; und als Hobby, wie andere zum Golfen gingen, leistete sie sich die Marotte vom Theater.

Wenn sie ihn noch einmal nach Irina fragen würde, dann würde er ihr antworten, daß er nicht wußte, wo Irina jetzt war und was sie tat; das war die Wahrheit. Irina hatte ihn einen geborenen Verlierer genannt und sitzen lassen. Irina war weg, und er bekam einen Hautausschlag.

»Und heute abend. Worum geht es da, in dem Stück.«

Helen ließ ein gurgelndes Geräusch hören, scheinbar amüsiert, »na ja, es geht um – um Table Dancerinnen.«

»Aha«, sagte er. »Also um dich. So wie du früher warst.«

»Ja«, sagte Helen. »Es ist ein Stück über mich. Es ist ganz bestimmt ein Stück über mich.«

Er ging ins Bad, um sich fertig zu machen. Der Ausschlag vergrößerte sich jeden Tag ein Stückchen mehr, wie eine Wüste, die sich immer weiter in das fruchtbare Land hineinfrißt, er zog sich vom linken Unterkiefer die halbe Wange hinauf. Er konnte sich keinen Bart stehen lassen, der würde das Ekzem nur verschlimmern. Er begann sich zu rasieren. Als er fertig war, brannte seine linke Wange und sah aus wie von lila blühenden Heideflechten überzogen.

Die karge Dekoration bestand aus einem Sofa, mehreren Sesseln und einem Schminktisch. Die Frauen betraten die Bühne in unauffälliger Freizeitkleidung. In Turnschuhen, Saunasandalen, Jogginghosen und allenfalls einem eng anliegenden T-Shirt machten sie den Eindruck von Hausfrauen im Fitnessclub. Helen fehlte zunächst. Von den fünf waren drei ganz offensichtlich Profi-Stripperinnen, die anderen beiden Schauspielerinnen, die vom Table Dance so viel Ahnung haben mochten wie ein Fisch vom Mäusefang. Und so ergab sich eine bizarre Mischung: Stripperinnen, die so taten, als wären sie Schauspielerinnen, die Stripperinnen spielten, und Schauspielerinnen, die versuchten, Stripperinnen zu spielen, die keine Schauspielerinnen waren.

Mink registrierte, wie unsicher die Profi-Tänzerinnen waren, was ihren Text anging; aber obwohl ihre Sätze geheuchelt und einstudiert klangen, paßte das zu ihnen, es war genau, was man von einer Table Dancerin erwartete und ließ sie um so authentischer wirken. In ihrer bloßen körperlichen Präsenz wären sie den Kolleginnen ohnehin überlegen gewesen, aber da es um ein Theaterstück ging und sie sich um alles in der Welt seriös zeigen wollten, war es ihnen unmöglich, sich wie sonst bei ihrer Arbeit herausfordernd zur Schau zu stellen, und folglich wußten sie nicht recht, was sie mit ihren Körpern anfangen sollten, die kein erotisches Mittel, kein Ziel fremden Begehrens sein sollten. Sie agierten absichtlich kühl und ignorierten das Publikum bis zur Geringschätzung. Die Schauspielerinnen hingegen trumpften mit der Überlegenheit ihrer Stimmen, der Präzision dessen, was sie taten, aber sie erreichten nicht die Abgebrühtheit der Profis, die deren Faszination ausmachte.

Der Auftritt von Helen. Sie als einzige trug High Heels, dazu einen schwarzen Mini und ein goldenes Top. Sie hatte einen schulterlangen, pechschwarzen Pagenkopf, er hätte sie beinahe nicht wiedererkannt, und es gab ihm einen Stich, als er merkte, daß es eine Perücke sein mußte. Die Haare waren zu glatt, zu perfekt, und ihre eigenen waren immer dunkelblond gewesen. Sie hatte das Mikro, sie schritt damit die Rampe ab, spielte die Conférenciere. Ihr Körper war schmal, aber muskulös. Sie war charmant, sie war sicher, ihr Gesicht stolz, herausfordernd, und ihr Mund, er hatte vergessen, wie schön, wie sinnlich er war. Mink verbarg die Wange mit dem Ausschlag in seiner Hand. Er spürte die Lust, die sie selbst an ihrem Körper empfand in jeder ihrer Bewegungen, die fast kindliche Freude an den Blicken der Zuschauer, sie wiegte sich hin und her mit ihren langen, nackten Beinen, sog die Aufmerksamkeit so vieler Gegenüber begierig auf, sie schien fröhlich, übermütig; gleichzeitig aber war in ihrer Stimme ein Unterton von Härte, und eine Spur, nur eine Spur zu viel Distanz, vielleicht Spott, fast Verachtung.

Er würde es ihr nicht erzählen können. Sie war großartig, das, was sie machte, war großartig, und Irina hatte recht, er war ein Versager. Er konnte sich sagen, daß ihm das egal war, aber er wußte jetzt, daß er niemals mit Helen darüber reden könnte. Jahrelang hatte er sich ihr Lachen vorgestellt, ein warmes, umarmendes Lachen, er hatte sich vorgestellt, wie es ihnen beiden gelten würde und zu wenig, viel zu wenig bedacht, was sie in ihm sehen mußte.

»Meine Damen und Herren, sie sehen heute abend hinter die Kulissen des Table Dance, die Show hinter der Show, das wahre Gesicht der Nacht«, Helen hatte die Leute sofort im Griff, und sie genoß ihre Macht als Animateurin. Sie stellte die Frauen in ihren Rollen vor, die Handlung des Stücks war einfach. Der Reihe nach wurde jede der Stripperinnen mit ihren fiktiven Problemen porträtiert; zwischendurch gab es ironische Andeutungen von Tanznummern, wenn eine der Frauen aus der Hinterzimmergarderobe zu ihrer Show gerufen wurde, wofür sie dann die echte Bühne verließ. Helen blieb als einzige immer präsent, und Mink verfolgte ihre Bewegungen, die so lasziv waren, als wäre sie alleine mit sich und einem Spiegel, aber dahinter verbarg sich eine körperliche Ruhelosigkeit, die auf ihn ernüchternd wirkte; ihre Aufgekratztheit, die ihr von keiner Dramaturgie abverlangt wurde, war zu unnatürlich; das Elektrisierende, das von ihr ausging, konnte nicht darüber hinwegtäuschen, daß ihr Körper als ausgezehrt hätte gelten können, wenn sie nicht ihre Muskeln trainiert und ihre Haut gepflegt hätte. Die Erkenntnis kam Mink ganz allmählich, und er mochte es nicht glauben, und dann wurde ihm kalt und schwer, als würde ein eisiges Stück Metall in seiner Brust versenkt.

Je länger der Abend dauerte, desto unruhiger wurden die Zuschauer, und eine Neugier ging von ihnen aus, eine unbefriedigte Spannung, die Helens Nervosität entsprach, die von ihr erzeugt und zu ihr zurückgeworfen wurde. Mink, der in einer der vorderen Reihen saß, spürte es in seinem Rücken. Er drehte sich halb herum und betrachtete das Publikum. Die Gesichter waren erhitzt und angespannt, und in den hinteren Reihen waren einige bereits aufgestanden, und plötzlich wußte er, daß sie die Show nicht zum ersten Mal sahen, sie warteten auf etwas, sie hatten die ganze Zeit auf etwas gewartet, das angestrengte Spielen und hölzerne Sprechen war nur eine Art Vorspiel gewesen. Erste Pfiffe sind zu hören, das Licht dunkelt ein, und Mink dreht sich um und sein Blick trifft geradewegs in Helens Augen, sie begegnen sich nur einen kurzen Moment lang, einen Moment, in dem Mink erschrickt über den Ausdruck, den er sieht.

Ein goldgelber Spot richtet sich auf sie, Helen schleudert ihr Mikro zur Seite, und eine der anderen Tänzerinnen kommt zu ihr, eine kleine Schwarze, zierlich, aber mit ausgeprägten Muskeln. Zusammen tanzen sie einen aufpeitschend schnellen Strip, bis sie beide nur noch mit je einem schwarzen Stringtanga bekleidet sind. Helen rollt einen quadratischen Tisch von der Seite heran und bittet vier Frauen aus dem Publikum zu sich – sie besteht darauf, daß es Frauen sein müssen. Jede der vier muß den Tisch an einer Ecke festhalten. Helen und die Schwarze benützen ihn als Podest, umarmen sich, tanzen aneinander geschmiegt, Haut an Haut. Mink verfolgt die winzigen Schweißperlen, die an ihren gepuderten Körpern hinablaufen. Er möchte die Augen niederschlagen, er sieht alles. Die Frauen, die den Tisch halten, müssen ihre Köpfe in den Nacken legen, um die Tänzerinnen ganz betrachten zu können. Helen und die Schwarze lassen ihre Zungen miteinander spielen, küssen sich, streicheln sich sanft die Brüste, bis Helen in die Hocke geht, sich rücklings auf den Tisch legt und von der Schwarzen ebenso sanft ihre Scham massieren läßt. Die Schwarze kniet zwischen Helens Schenkeln, einmal beugt sie sich vor, um den String beiseite zu schieben, Helens Schamlippen mit ihrem Mund, ihrer Zunge zu liebkosen. Die Musik wird lauter, Mink läßt seine Blicke über Helens Körper wandern, die Schwarze beachtet er nicht, er möchte weinen. Helen gibt lustvolle Ausrufe von sich und feuert die Frauen an, den Tisch zu drehen, damit alle sie sehen können. Mink stellt sich vor, wie er beim anschließenden Essen vorsichtig ihre Hand nehmen würde, um dann ihre Handgelenke zu streicheln, die Innenseite der Unterarme, bis seine Finger ihre Ellbogenbeuge berührten, und seine Stimme wäre zärtlich, mach keinen Scheiß, mach keinen Scheiß, würde er mit seiner fast unhörbaren Stimme sagen, obwohl in ihren Armbeugen nichts, rein gar nichts zu sehen ist, er weiß, daß die Druckstellen längst woanders sind, in ihren Weichen, noch nicht einmal von dem einzigen Stück Stoff verdeckt, in ihrem Nacken unter den Haaren der Perücke verborgen, an der Innenseite der Fußfesseln, *and now I'm set free, I'm set free, now I can see, what in the world has happened to me,* es sollte nicht umsonst sein, es war ihr Leben, ihrer beider Leben, das einzige, das sie hatten, und nicht ein einziger Tag davon würde je wiederkehren. Helen ist aufgestanden, sie zieht auch die Schwarze zu sich hoch. Dann, unvorhersehbar, kreischt Helen fröhlich »eins zwei drei« und beide rufen gleichzeitig »Fiiistfucking«, und die Schwarze pflückt einen hauchdünnen Chirurgenhandschuh von der Unterseite des Tisches, wo er mit Klebeband festgemacht ist, bläst hinein, zieht ihn sorgfältig über ihre Rechte, ballt sie zur Faust, hält sie demonstrativ hoch über beider Köpfe. Helen schlüpft aus ihrem Tanga, stellt langsam die Beine auseinander, und wieder kniet die Schwarze zwischen ihren Schenkeln. Sie leckt Helens Schamlippen mit Hingabe, und Helens Beine zittern in den hohen Schuhen, dann reißt die Schwarze ihre behandschuhte Faust hoch, ruft »Black Power« und steckt sie tief in Helen hinein. Helen jubelt, der Tisch dreht sich, die Faust ist nach einer Runde draußen, der Handschuh abgerissen, Helen und die Schwarze nehmen sich an den Händen, sie reißen lachend die Arme hoch wie zwei Boxer nach einem schweißtreibenden Kampf, die vier Tisch-Frauen klatschen mit geröteten Gesichtern, die Schlußmusik lärmt über ihre Köpfe hinweg, die Zuschauer drängen sich stehend in den Reihen. Helen verbeugt sich, im Hinausgehen streift ihr Blick über Minks Gesicht.

Er wartet auf dem Parkplatz hinter dem Klub. Eine der Frauen kommt zu ihm in die Nacht hinaus. Er will sich abwenden. »Sind Sie Mink? Helen läßt ausrichten, sie kann heute nicht mit Ihnen essen.«

»Hat sie gesagt, warum«, fragt Mink ohne Hoffnung.

Die Frau schüttelt den Kopf.

Und unaufgefordert fügt sie hinzu, »wir spielen noch die nächsten drei Wochen en suite.« Mink nickt.

Am nächsten Morgen bricht er auf, Nebel hängt über den Tälern, er nimmt eine kleine Bundesstraße, die irgendwann laut Karte auf die Küstenstraße münden soll, verfährt sich, braucht Stunden zum Meer. Später sitzt er am Rand einer Klippe, die hoch und steil zum Wasser hin abfällt, ein kalter Wind bläst; er sieht lange auf die aufgewühlten Wellen hinaus, unter ihm am Strand tobt ein kleiner Junge mit seinem Hund. Er sieht ihnen zu und raucht zwei, drei Zigaretten. Dann fährt er weiter.

Happy Slovenia

Sie wollten am Abend auf einer Geburtstagsparty sein und hatten noch jede Menge Zeit. Trotzdem fuhren sie die vierhundert Kilometer in knapp drei Stunden. Nur einmal, kurz vor der Grenze, bremste der Mann den Wagen runter und bog auf einen Parkplatz. Er stieg aus, ging einmal um das Auto herum und prüfte den Druck jedes einzelnen Reifens durch einen Tritt mit dem Fuß. Das Mädchen beobachtete ihn durchs Fenster. Es waren seine Freunde, die sie eingeladen hatten, und seine Freunde hatten auch die urlaubsleere Wohnung organisiert, in der sie übernachten konnten. Sie freute sich auf das Wochenende in der fremden Stadt. Der Mann stand jetzt hinter dem Wagen und blickte durch die Heckscheibe auf die pralle Luftmatratze, die quer über den Rücksitzen lag. Zurück im Auto, legte er die Straßenkarte und einen Reiseführer auf die Ablage vor die Windschutzscheibe. Dann langte er unter seinen Sitz und zog eine Baseballkappe hervor, die er dem Mädchen hinhielt.

»Setz die mal auf.«

Sie sah ihn von der Seite an.

»Warum.«

»Gefällt sie dir nicht«, sagte er.

Sie tat, was er wollte. Auf der Kappe stand *Happy Slovenia*.

Es ging alles glatt. Als sie vor der angegebenen Hausnummer parkten, schien noch die Sonne. Einen Moment blieben sie reglos sitzen. Ein vierstöckiger Plattenbau, die Fassade mit roten und blauen Quadraten verschönt.

»Die Stadt sehen wir uns später an«, sagte der Mann. Er war schon ein paar Mal hier gewesen.

Sie ließen sich von der Nachbarin den Schlüssel aushändigen. Das Mädchen ging voraus in die Wohnung, und der Mann lief die Treppe wieder hinunter, um das Gepäck zu holen. Die Luftmatratze ließ er im Auto liegen.

Als er zurückkam, hatte er ihre Reisetaschen um die Schulter hängen und in den Händen einen Karton Dosenbier, darauf eine Papiertüte. Er fand sie in der Küche sitzen. Sie hatte den Kopf nach hinten geneigt, die Augen geschlossen, die Hände waren unter der Tischplatte verschränkt. Vor ihr lag eine Ausgabe der *Slovenske novice*, mit einem Fleck auf der Titelseite, wie ein Tropfen Blut in Kirschgröße. Der Mann sah sich um, der Kühlschrank klaffte leer und dunkel. Er suchte nach dem Stecker, das Kühlaggregat und das Licht im Innern sprangen an. Der Mann nahm sich eine Dose Bier aus dem Karton und stellte die übrigen kalt. Er lehnte sich mit dem Rücken gegen den Kühlschrank und betrachtete abwechselnd das Mädchen und den roten Fleck, der das dünne Zeitungspapier wellte. Mit zwei Fingern zog er eines der beiden zuckerbestäubten Gebäckstücke aus der Tüte, legte es auf einen Teller und stellte ihn dem Mädchen hin, behutsam, als fürchte er, ihn zu zerbrechen.

»Das sind die besten *Gibanica* in der ganzen Stadt.«

Er blickte noch eine Weile auf die geschlossenen Augen des Mädchens. Dann zündete er sich eine Zigarette an, ging hinaus und schloß sich auf der Toilette ein.

Es waren drei kleine Räume: die Küche mit einem Durchgang zum Wohnzimmer, ein Arbeitszimmer mit Schreibtisch und Regalen und das Schlafzimmer. Ein schmales Bauernbett stand neben dem Fenster. Das Mädchen setzte sich auf den Rand. Die Bettwäsche war weiß, die Decke lag einmal gefaltet, an den Bettkanten ausgerichtet. Sie strich mit der Hand darüber.

Der Mann kam, das Bier in der Hand. Er hatte seine Jacke ausgezogen; seine Oberarme waren mit einem Adler auf der einen Seite und einer Seejungfrau auf der anderen tätowiert.

»Das ist zu klein für uns«, sagte das Mädchen und deutete auf das Bett.

»Das Zimmer sollen wir nicht benutzen. Du hast Zucker um den Mund«, antwortete der Mann.

»Aber wo sollen wir dann schlafen.«

»Sie will nicht, daß wir hier rumschnüffeln.«

»Aber wo sollen wir dann schlafen.«

»Es ist ihr privates, ganz ihr eigenes, verstehst du.«

Sie schob die Unter- über die Oberlippe und versuchte den Zuckerrand wegzulutschen. Ihr Blick war der eines Kindes, dem man ein Eis versprochen hat und dann sagt, man könne es nicht bezahlen. Sie ging hinüber ins Wohnzimmer.

Das Sofa bestand aus einem Lattenrost, der sich an den Ecken auf vier Ziegel stützte, und einer Matratze. Eine zweite war als Rückenlehne gegen die Wand gestellt. Beide bedeckte eine Art dünner Teppich aus gewebter Baumwolle, dessen Fransen auf den Boden hingen.

»Sieht aus, als hätte der mal im Badezimmer gelegen.«

Der Mann lachte, das Lachen kam tief aus dem Brustkorb.

»Zum Schlafen zu schmal«, stellte das Mädchen fest.

»Das geht schon. Wir müssen uns eben aneinander schmiegen.« Der Mann legte den Arm mit dem Adler um sie. Das Mädchen stand eine Sekunde regungslos, machte unwillkürlich ihre Lippenbewegung und streifte den Arm ab. Sie begann, den blauen Überwurf wegzuzerren und die Matratzen in das Arbeitszimmer zu schleifen, wo sie sie nebeneinander auf den Boden legte. Der Mann sah ihr schweigend zu. Zwischen dem Schreibtisch und den Regalen war jetzt kein Platz mehr. Er nahm den letzten Schluck aus der Dose und knackte sie mit einer Hand zusammen.

»So wirds gehen«, sagte sie und lächelte dem Mann zu.

Es war nach Mitternacht, der Mann hatte Wort gehalten; er hatte sie mit allen seinen Freunden bekannt gemacht, mit Gregor, dessen Geburtstag sie feierten, Metoda, seiner Freundin, mit Vlado, Blaž, Alojz, Leo, Maja und Alenka; sie hatte jedem die Hand gegeben und jeden Namen wieder vergessen. Jetzt versank sie schon eine ganze Weile auf einem Sofa neben Jojo, einem drahtigen Schwarzhaarigen, der sich ihr mit einem Handkuß vorgestellt hatte. Sie hatte ziemlich viel Bier getrunken und fühlte sich angenehm entspannt, als ob sie auf der Luftmatratze unter lauem Wind auf einem See dahintreiben würde.

»Ich habe ein paarmal mit ihm gearbeitet«, sagte Jojo in einem fast akzentfreien Deutsch und deutete auf den Mann, der an der improvisierten Bar stand. »So ein stinkreicher Typ aus Piran, der hat sich ein bißchen außerhalb ein 300qm-Haus hingestellt. Und wir beide, wir haben den Innenausbau gemacht. Der Irre wollte in der ganzen Bude eine Wandheizung haben. Auf die Hälfte von dem Geld warten wir heute noch. Hat er dir bestimmt erzählt, oder.« Das Mädchen nickte automatisch.

»Er hat gesagt, er liebt dich.« Jojo machte eine Pause, das Mädchen sah zu dem Mann hinüber.

»Das ist eben das dumme«, sagte sie. »Am Anfang scheint alles bestens, aber am Ende hat es sich doch nicht gelohnt, schwarz zu arbeiten.« Sie fuhr langsam mit ihrer Zungenspitze an der Oberlippe entlang.

»Für mich gibt es nur eine einzige Frau, die ich liebe – und das ist meine Tochter.«

Das Mädchen unterdrückte einen Seufzer. Sie wollte Jojo nicht ermuntern, weiterzusprechen.

»Ich hab deinen Kerl gefragt, ob er nicht mal Lust auf eine andere Braut hat, wo er doch so viel unterwegs ist, würde ja keiner merken, oder. Hat er zu mir gesagt, nicht mal der Gedanke daran würde ihm in den Sinn kommen, nicht mal der Gedanke daran.«

Das Mädchen wurde ein wenig blaß. Jojo warf den Kopf in den Nacken und fixierte sie.

»Ich bewundere das. Ehrlich. Ich bewundere das.«

Er sah zu dem Mann hinüber und winkte ihm zu. Und auch das Mädchen hob die Hand, und der Mann machte einen Kuß in die Luft.

»Stell dir ein Flugzeug vor, ein kleines, in dem Platz ist für acht Zuschauer und ein Ballett. Das Flugzeug steigt auf fünfzehntausend Meter Höhe und fliegt da eine Weile dahin. Und dann, wenn alle genug aus den Fenstern geschaut haben, beginnt der Sturzflug. Der Sturzflug hinunter auf zweitausend Meter. Und in der Zeit tanzt das Ballett. Nur in der Zeit. Zwanzig Sekunden lang.«

Jojo nahm einen Schluck aus der Flasche. »Das ist alles. Zwanzig Sekunden im Sturzflug. Mehr Zeit bleibt dir nicht.«

Sie schwiegen.

»Wieso acht.«

»Was.«

»Wieso ausgerechnet acht Zuschauer.«

Jojo dachte nach.

»Keine Ahnung. Vier mal zwei Reihen.«

Das Mädchen fing an zu lachen. Sie bewegte ihre Füße. Dann stand sie auf und machte ein paar Schritte. Einfache, kleine Schritte. Jeder konnte sie nachmachen. Sie wollte Kindern das Tanzen beibringen, später. Aber Jojo wußte das nicht, er wunderte sich, sprang auf, faßte ihre Hand und zog sie auf die Tanzfläche. Bald hatten sie einen gemeinsamen Rhythmus gefunden, und Jojo wirbelte sie über den Boden und sogar durch die Luft, so daß die Umstehenden auseinander wichen und lachten und klatschten. »Zwanzig Sekunden, zwanzig Sekunden, time out,« rief das Mädchen schließlich außer Atem. Jojo stellte sie fest auf den Boden und hielt sie kurz an beiden Armen: »Es ist so leicht mit dir.« Dann ging er weg, um zwei Gin Tonic zu holen, und das Mädchen sah sich nach dem Mann um. Sie legte von hinten ihre Arme um ihn. Er drehte sich um.

»Komm, laß uns auch tanzen.«

Der Mann strich ihr über die Wange.

»Später.«

Später in der Nacht hatte jemand ein Polaroid gemacht von dem Mann, von Jojo und dem Mädchen, das die beiden in ihre Mitte genommen hatten. Das Mädchen lachte und sah glücklich aus, obwohl sie nur betrunken war. Alle drei unterschrieben das Polaroid auf der Rückseite »Für Irma«; sie hatten eine gemeinsame Freundin in Wien entdeckt, der sie das Foto als Überraschung schikken wollten. Später hatte Jojo versucht, eine pummelige Blonde aufzureißen, die nicht nur einen leichten Silberblick, sondern, wie sich herausstellte, auch eine entschiedene Vorliebe für Frauen hatte.

Und später kamen das Mädchen und Jojo nebeneinander an der Bar zu stehen, und Jojo flüsterte ihr ins Ohr, »komm, laß uns rausgehen«. Sie sah ihm ins Gesicht, er hatte warme dunkle Augen, er hatte mit ihr geredet, er zog sie mit einem Arm an sich. Sie merkte, wie das Bier und der Wein und der Gin ihr den Kopf heiß machten, »okay«. Sie gingen nacheinander hinaus, niemand bemerkte ihr Verschwinden, den gleißend hellen Flur entlang, durch eine Stahltür ins Dunkle. Das Haus gehörte zu einer ehemaligen Seifenfabrik, es würde bald abgerissen werden. In der Lagerhalle roch es sauber, aber ein bißchen abgestanden nach Kernseife. Das Mädchen ließ sich von Jojo küssen und fühlte so ein Verlangen in sich, daß sie glaubte, auf ihrer Luftmatratze im See müßte es sie jetzt fortreißen in ein rücksichtsloseres Gewässer hinein. Sie zerbiß ihm die Lippen, Jojo stöhnte, er hob ihren Rock und hatte schon seinen Schwanz in der Hand, als sie ihn wegstieß. Er stand ein bißchen dumm da, sein Steifer wackelte herum, dann drückte er sie gegen die Wand, preßte seinen Unterleib an sie und begann zu schluchzen. Das Mädchen hielt den Atem an vor Schreck, sie sah ihm dabei zu, wie er langsam an ihr hinunterrutschte, sich an sie klammerte, sein ganzer Körper schüttelte sich in Weinkrämpfen. Sie zog ihren Slip aus, kniete sich neben ihn, die Beine ein wenig auseinander, nahm seine Hand und strich damit über ihre Behaarung, führte sie zwischen ihre Schamlippen, bewegte sie sacht hin und her, bis die Hand feucht von ihrer Nässe war. Jojo hatte aufgehört zu weinen, er sah sie an, sie zog seine Hand zwischen ihren Beinen weg, führte ihm die Finger zum Mund, wartete, bis er ihren Geruch, ihre Flüssigkeit aufgeleckt hatte, dann nahm sie ihren Slip und ging. Das Licht auf dem Flur war zu grell, sie mußte die Augen schließen und kam ins Schwanken, und ihr wurde bewußt, wieviel sie getrunken hatte. Links vom Flur waren die Toiletten, sie hängte sich über das Waschbecken und ließ Wasser über ihr Gesicht rinnen. Aus einer der Kabinen kam rasches Stöhnen, das Mädchen drehte sich um, beugte sich hinunter und erkannte die Schuhe der blonden Silberblickfrau; die war allein auf der Toilette. Das Mädchen ging leise hinaus.

In dem Partyraum war die Luft fett von Schweiß, durch den Rauch schimmerten die Glühbirnen, als wären sie mit Asche beschmiert. Die Gäste waren weniger geworden, manche auf den Sesseln eingeschlafen, andere kicherten sich immer wieder wach, die Musik dröhnte leer gegen die Wände. Der Mann war nirgends zu sehen. Wenn ich ohne ihn gehe, wird er mich vermissen, dachte das Mädchen und wartete. Die Silberblickfrau kam von der Toilette, setzte sich zu ihr, brachte sie zum Lachen. Nach einer halben Wodkaflasche schob ihre Hand sich unter den Rock des Mädchens. Der Mann war immer noch verschwunden. Einen kurzen Moment spürte das Mädchen ihr Herz schneller klopfen, überrascht davon, wie zärtlich diese fremde Hand sein konnte. Aber dann packte sie die Hand durch den Stoff hindurch und hielt sie fest, und hätte am liebsten auch den erschrockenen, mäandernden Blick der Fremden festgehalten. Die Hand in der ihren wurde schlaff, und das Mädchen dachte: als hätte ich ein Lebewesen heimlich im Dunkeln erstickt.

Sie sah, wie sich die Lider im Gesicht der anderen schlossen und war plötzlich müde, sehr müde. Sie nahm ihre Tasche und ging in den Morgen hinaus.

Die Straßen waren menschenleer, aber voller dunkelgrauen Lichts. Der Weg zu ihrer Wohnung war nicht weit, er führte am Flußufer entlang. Sie setzte sich auf die breite Steinmauer der Promenade und sog die kalte Luft durch die Nase. Es tat weh. Eine junge Katze strich an der Mauer entlang, mit elektrisiertem Fell, bereit, sich mit steifen Krallen auf einen hingeworfenen Fischrest zu stürzen, aber es war niemand zu sehen, der ihr den Gefallen tun würde. Das Mädchen folgte der Katze bis zu der Ecke, an der die Straße zu ihrer Wohnung abzweigte. Die Katze lief weiter, mit hoch gebogenem Schwanz und unmerklich wippendem Hinterteil.

Die Wohnung war leer, auch hier war der Mann nicht. Sie machte sich keine Sorgen um ihn, aber sie wollte nicht länger allein sein. Sie schaffte es, sich auszuziehen, bevor sie kotzen mußte, und sogar rechtzeitig neben der Kloschüssel zu knien. Nackt räumte sie die Küchenschränke aus auf der Suche nach einer Tablette, fand eine in ihrem eigenen Toilettenbeutel, kotzte eine halbe Stunde später von neuem, schlief endlich ein.

Das Telefon klingelte, und der Mann war dran. Das Mädchen sah auf die Uhr, halb zwei nachmittags.

»Wo bist du«, murmelte sie mit dem Geschmack von Erbrochenem im Mund.

Er nannte einen Namen, den sie nicht kannte. Er klang hellwach und aufgekratzt.

»Du warst auf einmal verschwunden. Ich hab gedacht, du wärst nach Hause«, sagte das Mädchen.

»Du warst verschwunden. Ich hab auch gedacht, du wärst nach Hause«, sagte der Mann.

»Nein, nein, war ich nicht; ich würde nicht ohne dich gehen.«

Der Mann lachte, »bist du aber, du bist ohne mich gegangen.«

»Wieso hast du mir nichts gesagt.«

»Was soll ich dir denn immer sagen. Wir waren auf dem Klo. Ich hatte nicht so viel dabei, es mußte für uns drei, vier reichen, verstehst du.«

Der Mann war immer noch aufreizend gut gelaunt. Das Mädchen schwieg, ernüchtert.

»Wir waren auf dem Klo. Aber da kamen dauernd Leute rein. Also sind wir in die Lagerhalle.«

»Ach so.« Das Mädchen überlegte, was der Mann gesehen haben könnte. Er wußte nichts. Sie mußten einander gerade verpaßt haben.

»Hör mal, wir kochen hier gerade Hühnchen und so weiter, setz dich doch ins Taxi und komm vorbei.«

Dem Mädchen fiel ein, daß nichts zu essen in der Wohnung war. Ihr Magen brannte.

»Ich kann nicht, ich hab die ganze Zeit gekotzt.«

»Nun hör schon auf. Die machen Hühnchen, extra für uns.«

»Für uns«, sagte sie. Und dann, nach einer Pause, »komm du doch. Bitte, komm du doch. Ich brauche Wasser und vielleicht ein paar Scheiben Brot.«

Der Mann sagte, »du kannst es dir ja überlegen«, und legte auf.

Kurz vor Mitternacht betrat der Mann die Wohnung. Er fand das Mädchen halbnackt auf der Matratze, sie zitterte im Schlaf und wachte sofort auf, als er sie berührte. Sie roch nach Rauch und aus ihrem Mund kam eine Fahne von Galle.

»Hallo«, sagte der Mann, stützte sich auf seinen Seejungfrau-Arm und beugte sich hinunter, um sie zu küssen. »Wie geht es dir.«

Das Mädchen sah ihn an. Sie zuckte die Schultern.

»Ich mach mal Musik«, der Mann stand auf und ging ins Wohnzimmer. Das Mädchen hatte einen trockenen Mund, die Zunge klebte am Gaumen, sie ging ins Bad, spülte ihren Mund aus, stand dann in der Tür zum Wohnzimmer.

»Du hast die ganze Zeit Koks dabei, du verschwindest mit deinen Freunden und sagst mir keinen Ton, du gibst mir nicht mal eine Line ab, was soll das. Du läßt mich den ganzen Tag hier liegen, ich hätte krepieren können.«

Der Mann fuhr herum. »Ich hab dir doch gesagt, wir machen Huhn. Wieso bist du nicht gekommen.«

Das Mädchen schrie jetzt, sie schrie den Mann an mit ihrer ganzen Kraft, die sie noch übrig hatte: »Weil ich überhaupt kein Fleisch esse und das weißt du ganz genau –.«

Sie schloß sich in dem Zimmer mit den Matratzen ein. Er hatte ihr nicht mal die Adresse von seinen Freunden gegeben. Dreimal ging sie in der Nacht ins Bad, um Wasser zu trinken, ihren Magen spürte sie nicht mehr. Sie lag wach und sah, daß das Polaroid aus ihrer Handtasche gerutscht war; die Unterschrift »Für Irma« verschmiert durch einen gelben, eingedickten Fleck; sie legte den Kopf auf die Matratze und starrte auf das Foto durch enge Augen und las »Für Immer.« Einmal schaute sie ins Wohnzimmer, wo der Mann mit einer brennenden Zigarette in der Hand eingeschlafen war, neben dem

Stuhl eine Bierlache von einer umgekippten Dose; der Mann schnarchte, und die Zigarette hatte ihm die Finger versengt. Das Mädchen spürte bittere Befriedigung.

Am nächsten Morgen sagt sie zu ihm: »Woher hast du das Koks gehabt.«

Der Mann sagt, »mitgebracht.« Er wartet, ob sie weiterfragt. »Im Kondom im Arsch.«

Das Mädchen begreift auf einmal. Sie lacht auf.

Der Mann schweigt. Sein Blick streift über den Tisch, wo noch immer die Zeitung mit dem Fleck liegt.

Das Mädchen hat wieder ein Lachen hinten in der Kehle. Sie begreift alles.

»Du hast es mir nicht gesagt.«

Der Mann zuckt die Achseln, »wozu.«

Das Mädchen wartet, dann sagt sie leise, »nur so«. Sie wartet wieder. Nichts geschieht. Der Mann macht eine kleine Bewegung, stützt den Ellbogen auf den Tisch, seine Finger berühren den Fleck.

»Weil du mich liebst.« Sie sagt es kalt, fast höhnisch. Der Mann bemerkt ihren Ton und dreht sich zum ersten Mal zu ihr hin.

»Ich verlasse dich.«

Der Mann macht ein Gesicht, als ob sie ihn geschlagen hätte. Sie fängt an, ihre Tasche zu packen. Der Mann kommt ihr nach ins Zimmer, er hält ihre Arme fest, er umarmt sie, er sagt »Bitte.« Er zieht sie zu sich auf die Matratze, er fängt an, ihren Pullover hochzuschieben und ihre Brüste zu küssen.

Das Mädchen sagt, »und du denkst, das bißchen Anfassen reicht.« Sie läßt sich auf den Rücken fallen und starrt an die Decke.

»Ja«, sagt der Mann, »ja.«

Bibliografische Information Der Deutschen Bibliothek
Die Deutsche Bibliothek verzeichnet diese Publikation in der
Deutschen Nationalbibliografie; detaillierte bibliografische
Daten sind im Internet über http://dnb.ddb.de abrufbar.

© Wallstein Verlag, Göttingen 2005
www.wallstein-verlag.de
Vom Verlag gesetzt aus der Stempel Garamond
Umschlaggestaltung: Susanne Gerhards, Düsseldorf
Umschlagmotiv: Bernd Hahn: Geometrie der Poesie
Druck: Friedrich Pustet, Regensburg

ISBN 3-89244-865-5

Heinz Ludwig Arnold
Von Unvollendeten
Literarische Portraits
ca. 352 S., geb., Schutzumschlag
ISBN 3-89244-866-3

Lukas Bärfuss
Meienbergs Tod
Die sexuellen Neurosen unserer Eltern
Der Bus
Stücke
ca. 192 S., geb., Schutzumschlag
ISBN 3-89244-904-x

Adolf Endler
Nebbich
Eine deutsche Karriere
296 S., geb., Schutzumschlag
ISBN 3-89244-839-6

Martina Hefter
Zurück auf Los
Roman
132 S., geb., Schutzumschlag
ISBN 3-89244-841-8

Fred Wander
Der Siebente Brunnen
Roman
Mit einem Nachwort
von Ruth Klüger
168 S., geb., Schutzumschlag
ISBN 3-89244-837-x